밤이라 불러서 미안해

시인의일요일시집 **019**

밤이라 불러서 미안해

1판 1쇄 찍음 2023년 9월 11일
1판 1쇄 펴냄 2023년 9월 20일

지 은 이 이은림
펴 낸 이 김경희
펴 낸 곳 시인의일요일

표지·본문디자인 노블애드
경영지원 양정열

출판등록 제2021-000085호
주   소 경기도 용인시 기흥구 연원로42번길 2
전   화 031-890-2004
팩   스 031-890-2005
전자우편 sundaypoet@naver.com
블 로 그 https://blog.naver.com/sundaypoet

ISBN 979-11-92732-10-7 (03810)

값 12,000원

밤이라 불러서 미안해

이은림 시집

| 시인의 말 |

아무리 애를 써도 떠날 것은 떠난다.

나의 의지와는 무관하게 놓쳐 버린 숱한 시간, 사람, 기회들.

하지만 신기하게도 어떤 것은 기어이 돌아온다.

어디를 다녀왔는지 알 수 없지만 이제는 끝이구나 싶을 때 반짝, 눈을 뜬다.

오늘, 죽은 줄 알았던 화분에서 연둣빛 싹을 보았다. 버려질 뻔했던 화분은 다시 제자리를 찾았다. 그리고 나는 오래된 수첩 속 낡은 메모를 뒤적이다가 몇 편의 시를 썼다.

너무나 오랜만에 펴내는 세 번째 시집을 그리운 아빠께 바친다.

유달리 아름다웠던 8년 전 봄, 내 생일날 돌아가신 아빠,

그때는 슬펐지만, 이제는 아빠와 생일을 함께하게 되어 기뻐요.

오래오래 시 쓰며 행복할게요.

2023년 9월
해바라기의 계절에

| 차 례 |

3부

4부

5부

1부

크고 깊은 서랍

서랍은 늘 조금씩 열려 있습니다.
들키기 쉽게
아니, 들킬 수 있도록.

누구도 자신의 서랍은 볼 수 없습니다.
스스로에게만 사각지대거든요.

서랍에는 1인칭의 이야기가 가득합니다.
사소하고 하찮은 담론부터
거대하고 자의적인 농담까지
어쨌거나 내 것일 수밖에 없는 이력들.

등 뒤에서 누군가 내 서랍을 읽고 있습니다.
아마 제법 오래 관찰 중이었던 것 같은데요.
내 서랍이 그 정도로 크고 깊은 걸까요.

서랍에 대해서는 지극히 제한된 표현만 가능합니다.
그리고 우리는 각자 펜과 붓을 들고 있고요.

서랍은 고의적으로 들통납니다.
내 서랍은 순식간에 그림으로 증명되겠지요.
서랍을 열자마자 날아오르는 파랑새라니요,
그래서 등 뒤가 그토록 가려웠던 걸까요.

이번엔 내 방식으로 누군가의 서랍을 열겠습니다.
조금 넓어진 입구로 한껏 풍경을 읽은 후,
옮겨 적어 볼까 합니다. 이를테면, 詩랄까요.

* 친구 신보경 화백이 나를 형상화한 그림
  종이에 연필, 수채물감, 색연필, 18cm × 26cm, 2022

2부

사이

동물원에서 악어로 일하고 있는 악어*는
귀가 후, 과연 무엇이 되는가
십 분 전 뜨거웠던 커피는
십 분 후에 고스란히 내가 되었다
커피를 마시기 전의 나와
커피로 가득 찬 나는 어디서 헤어졌던가
지금 나는 이틀 후의 풍경 앞에 서 있다
이틀 전 나는 이틀 전의 너에게
잣나무의 표정에 대해 물었다
오랫동안 잣나무로 일했던 저들의 표정은
잣나무가 아닌 지금도 유효한가
무지막지한 제스처로
잣나무의 표정을 토막 내는 사람들
이곳에서 사람으로 불리는 것은
저곳에서 나무를 벗어나는 것과
무엇이 다른가
사흘 후 창문은 사흘 후의 나에게
또 어떤 감정을 가르칠 것인가

동물원에서 악어로 일하던 악어는
악어가 아닌 척 천천히 입을 벌린다

* "동물원에서 악어로 일하고 있습니다."
— 애니메이션 〈체브라시카〉에서 악어 게나의 대사

프리다

날 수 있는 날개가 있는데
두 발이 왜 필요하겠어?*
모든 농담이 다 재미있진 않지만
재미있는 말이 꼭 농담은 아니지

제3 전시실, 잘린 발이 그려진
프리다의 편지를 보네
몰래 씹는 풍선껌이 부풀면
그녀처럼 긴 외출을 할 수도 있을까

딱 백 살 차이,
그녀의 생일에 태어난 딸은
프리다만큼이나 짙은 눈썹
프리다만큼이나 고집이 세고
프리다만큼이나 사랑스럽지

죽음이 밤새도록 내 침대 주위를 돌며
춤추고 있어*

태어나는 순간부터 죽어 가는 모든 것
우린 어제보다 조금 더 늙었고
아까보다 죽음에 더 가까워졌네
그게 왜?
그게 뭐?

좋아하는 화가와 생일이 같은
딸을 가진 기분, 말해 주고 싶어
가 본 적 없는 먼 나라
죽음보다 멀고
죽음만큼 가까운 나라
언젠가 카사 아술**의 초록 문을 꼭 열어 볼 거라는
아홉 살 딸의 엄마인 것에 대해

한번도 엄마인 적 없었던 그녀에게
떠나 버린 오른발처럼
달아난 머리카락처럼
느릿느릿 담장이 되어 가는 오르간파이프선인장처럼

만개한 달, 그다음의 이야기를

달이 사라졌다고 해서
존재하지 않는 건 아니니까

자, 이번엔 내 차례네요, 프리다
생일날 아빠가 돌아가신 기분은 어떠니?
정도의 질문이라면 사절이지만
그래도 궁금하시다면 성의껏 대답해 볼게요

* 프리다 칼로의 일기 중에서
** 프리다 칼로와 디에고 리베라가 살았던 집

월하정인

그때 하필, 달이 사라지고 있었지
사라지는 줄도 몰랐는데
달 따위는 보이지도 않을 만큼
환한 사람이로구나, 했는데

어둠이 무엇인지 알려 주려는 듯
그가 눈을 감았어
그보다 더 어두울 수는 없었지
그렇게 긴 찰나는 처음이었어

어쩌면, 바람이 불었어
달이 눈을 떴지
그가 먼저 눈을 떴던가

달이라 말하니 달이겠지
달이구나 말하니 달빛 흐르겠지

달빛에 대한 의심은 불순해

희미해지는 뒤태를 의심하는 것만큼

사라지기 위해 존재하는 둥글고 환한 것
그날은 보름이었는데

내가 만진 것은 과연 누구였나
어디 한번 대답해 봐, 손가락들아

둥글어지기 위해 사라지던 차가운 달
명심해,
온전한 것들은 위험하기 짝이 없지

* 국보 135호 《혜원전신첩(惠園傳神帖)》에 실린 '월하정인(月下情人)'. 2011년 7월 2일, 천문학자 이태형 교수는 '월하정인'의 달 모양, 위치를 근거로 '1793년 8월 21일 오후 11시 50분'께 그렸을 거라 추정했다. 그날은 부분월식이 있었다.

8월의 고래*

청어들의 행렬,
다음은 고래들이지
그래야 계절이 바뀌는 법

언니는 실컷 고래를 기다리고
언니는 애써 고래를 놓친다

저렇게 큰 고래가 보이지 않는다고?
고래고래 지나가는 고래가?

백발의 언니는 가까스로 고래에 귀 기울인다
시력이 좋았을 때도 무수히 놓쳤던 고래

고래를 만나지 못했으니
아직은 여름이라고
여전히 여름이라고
우겨 대는 늙은 언니들

이렇게 춥고 긴 여름은 처음이네
허둥지둥 청어 떼가 앞장서면
이어지는 고래들의 유유한 행렬
그래야 다음 계절이 시작되고
언니들도 사이좋게 저물어 가겠지

본 적 없는 고래,
못 본 척 지나친 고래,
고래인 줄 몰랐던 고래 때문에
놓쳐 버린 계절들이 억울하지만

언니들은 아까보다 조금 더 늙었고
바다는 언니들에게서 살짝 더 멀어졌다
그러거나 말거나
고래는 그저 청어 떼를 쫓아, 가던 길 갈 뿐

* 린지 앤더슨 감독의 1987년 영화 〈8월의 고래(The Whales of August)〉

이야기모자 이야기

모자 속 이야기는 무궁무진하다
모자는 단지 입구일 뿐
이야기는 모자 안에서 절실해진다
무민파파*는 침대에서만 모자를 벗는다
무민파파는 자서전을 쓴다

무민파파의 이야기는 모자의 기억인가
모자를 벗으면 이야기가 멈출까
무민파파의 모자를 쓰고 내가 입을 연다면
그것은 나의 이야기인가, 그의 이야기인가

모자는 잽싸게 이야기를 가둔다
모자 속 세계는 수다스럽다

모자 속에 갇힌 이야기들을
풀어 주는 방식에 대해서는 어떤가
모자 밖으로 뛰쳐나와 날뛰는 이야기들은
과연 믿을 만한가, 모자를 쓰면

누구라도 이야기의 주인이 될 자격이 있는가

무민파파의 자서전은 결국 완성됐던가
그가 펜을 오른손으로 잡았던가, 왼손으로 잡았던가
갑자기 기억나지 않는다

저만치, 한 마리 모자가 꿈틀댄다
아마 너무 오래 굶주린 모양이다

* 핀란드 작가 토베 얀손이 쓴 '무민' 시리즈에 등장하는 인물

루시*

풍경을 먹는다
꾸역꾸역 마시고 뜯고 씹는다
내 안 가득 채워지는 것들
나를 삼키며
내가 되어 가는 시간들

마주한 풍경마다
고스란히 내가 된다
거침없이 나라고 우긴다
다짜고짜 나인 척 입을 연다

이 시선의 주인은 누구인가
풍경이 나를 보는 건지
내가 풍경을 갖는 건지
그저 나는 전망 좋은 무엇!
어디 나의 전망을 벗어 볼까

나를 벗고 너를 벗고

전지전능을 벗어 던질까
이리도 겹겹인 존재를 찢어 볼까

사라진 눈꺼풀을 들어 올리며
부릅! 눈을 뜬다
어디에나 있고
어디에도 없는 내가
찰나의 풍경마다 빼곡하다

* 2014년 개봉한 뤽 베송 감독의 영화 제목
 최초의 인류이자 여성인 오스트랄로피테쿠스 아파렌시스(Australo-
pithecus Afarensis)를 일컫는 이름이기도 하다.

뿔

사내들의 뒷모습은 어딘지 비슷하다
가려운 듯 정수리를 긁어 대며
어쨌거나 기어이 전진한다
정체불명의 무게감은 기분 탓일까

수컷들은 정말 무겁겠다, 고
언젠가 어린 딸이 말한 적 있다
현란한 날개,
갈기와
뿔들
수컷의 천형天刑은 충분히 반성적이다
그저 달리고
그저 나아갈 것
잔말 말고 앞으로 앞으로

늦은 밤 가로등 아래서라면
확인 가능하다
구부적구부적 직진하던 그림자들이 이고 있는 저것

틀림없이 만개한 뿔들
견고하고 아름다우며 찬란한 천형의 증거

모든 두통에는 이유가 있는 법
두 손으로 이마 받치고 벤치에 앉아 있는
저기 저 수컷들
저들이 감당한 세계에 대한 후일담

그러므로 이것은 무게에 관한 이야기다

1945

연양갱을 먹는다
천 원을 주면 거스름돈까지 건네받고
울컥과 달콤의 미학을 깨우치게 하는,
연양갱은 아빠와 동갑이다
일흔 살을 훌쩍 넘긴 간식에 매번 감탄하는
열두 살 딸은 무민가족 이야기를 즐긴다
핀란드에서 건너온 이 동화도 1945년생,
그해 제국주의자들은 항복했고
소심하게 피어난 꽃들의 아우성 너머
멈칫멈칫 찢어진 구름이 흘러갔다
그러거나 말거나 아빠는 태어났고
아빠가 태어난 것과 무관하게 연양갱은 달콤했으며
연양갱과 상관없이 무민가족은 발랄했다
1945년은 태어나기 적합한 때가 아니었다
아빠와 연양갱과 무민가족은 서로 동갑인 걸 몰랐다
일흔하나, 일흔둘,
아빠가 갖지 못한 나이를 지나
일흔셋, 연양갱은 여전히 찬란하고

일흔다섯, 무민가족 이야기는 한없이 달콤하다
연양갱을 손에 쥘 때
울컥과 달콤의 비율은 어느 정도일까
할아버지를 잊어 가는 속도와
무민가족을 알아 가는 속도는
얼마나 차이가 날까
일흔일곱, 여든, 여든하나
아빠가 못 가진 나이를 나와 딸아이는 가질 수 있겠지
아빠는 상관 말고 연양갱과 무민가족은 부디 무한했으면

이토록 차가운 이야기
— 프랑켄슈타인에게

어찌하여 나는 아직도 살아 있습니까.
태어나는 것은 어렵고
죽는 건 더욱 힘이 듭니다.
빅터 프랑켄슈타인, 나의 창조주여
분명 죽었는데,
또다시 죽어 가는 건 어떤 기분입니까.

터무니없이 큰 심장이 여기 있습니다.
멈추던 중이었단 사실을 잊어 가며
여전히 멈추는 중입니다.
심장이 달리 할 일이 뭐겠습니까.

빅터 프랑켄슈타인, 나의 조물주여
정녕 나는 괴물입니까.
당신은 과연 어떻습니까,
나는 차마 나에게 이름을 지어 줄 수 없었습니다.

내가 이리 아픈 것은

너무 큰 심장 탓입니까.
나는 당신의 아담, 당신의 피조물
완벽한 외로움이므로
내가 아프면 당신도 처절히 아파야 합니다.

아름다운 창조주, 나의 프랑켄슈타인이여
내 두 손은 따뜻하고 두 발은 굳건합니다.
우리는 기어이 북극에서 만날 것입니다.
빙산이 되어 가거나 빙산에서 벗어나는
얼음 덩어리들처럼 비틀대며

오늘도 조금 더 죽어서 기쁩니다.
악착같이 기를 쓰고 죽어 가겠습니다.
나의 프랑켄슈타인이여, 다만 당신에게
이 커다란 심장을 돌려주고 싶습니다.

이름 따위! 아무려면 어떻습니까.

나는 괴물이 아니다
— 『프랑켄슈타인』을 읽는 당신에게

나는 너머를 응시하는 자
눈 뜬 손가락들을 소유했네

그저 나는 너머를 탐닉했을 뿐,
굳이 죄를 묻겠다면
자의식 강한 내 손가락을 탓해라
미친 듯 질주하던 손가락들이
모든 걸 결정했으니까!

모두가 이름을 가질 필요는 없지
까짓, 나를 뭐라 불러도 상관없어
금지된 것은 어김없이 매혹적이니

질문들은 찬란하다
무참히 조각나는 빙하처럼,

이제 내 물음에 답할 인간 따위는 없을 테지

이것은 교만이 아니다
성질 급한 열 개의 손가락
내 소유지만 내 것이 아닌,
미친 그 몸짓들을
말릴 이유가 있다면 누구라도 말하라

등 뒤에서 누군가 또 책을 읽는다
내게서 빠져나간 거친 발자국과 그림자들로
너덜너덜 채워진 외롭고 춥고 배고픈 책
텅 빈 내가 차마 펼치지 못한 페이지를
또박또박 읽는 낯익은 목소리
한번도 본 적 없는 내 뒷모습을 차지한
시선의 주인은 과연,

여름의 규칙*

*내가 지난여름 배운 게 있어*** ……절대 한낮의 파티에 응하지 말 것, 절대 정오의 그늘에 기대지 말 것, ……*절대 마지막 남은 올리브를 먹지 말 것* ……절대 나선계단 끝까지 오르지 말 것, 절대 칸나와 나란히 서지 말 것, ……*절대 밤새 뒷문을 열어두지 말 것* ……절대 까마귀의 부름에 돌아서지 말 것, 절대 눈물의 변명을 듣지 말 것, ……*절대 퍼레이드에 늦지 말 것* ……절대 뒤로 걷지 말 것, 절대 애드벌룬을 쫓아가지 말 것, ……*절대 완벽한 계획을 망치지 말 것* ……절대 세 번째 창문을 열지 말 것, 절대 낯선 목소리를 기억할 것, ……*절대 까닭을 묻지 말 것* ……절대 구름의 수를 세지 말 것, 절대 오후 네 시의 하늘 따위에 감탄하지 말 것, ……*절대 미안하다 말하기를 기다리지 말 것* ……절대 왼발을 앞장세우지 말 것, 절대 화요일에 약속하지 말 것, *언제나 집에 가는 길을 알아 둘 것* ……언제나 지름길은 무시할 것, 언제나 서쪽 나무는 지나쳐 갈 것, *절대 여름의 마지막 날을 놓치지 말 것* ……절대 기린의 눈빛을 들여다보지 말 것, 절대 나비의 날갯짓을 흉내 내지 말 것, ……*이게 다야* 절대, 절대, 이게 전부임을 의심하지 말 것. 그 의심을 의심하지 말 것!

* 숀탠의 그림책 제목
** 진한 이탤릭체는 그림책 『여름의 규칙』에서 부분 인용

개복치클럽
— 탈퇴 멤버 K에게

그렇게 한꺼번에 죽어 버리면 곤란합니다
구름이 뒤척이듯
나무가 자라나듯
조금씩 요령껏 죽어야 합니다
꼬리가 가려운데 긁을 꼬리가 없다니요

속도를 의심했습니까
그렇게 서두르다니 믿을 수 없군요
잃어버린 꼬리를 향해 선회했던 겁니까
우리의 좌표는 민감합니다

죽어 가는 속도를 감당할 수 없습니다
내 이름을 벌써 잊었습니까
두 눈이 향한 곳은 어디입니까
나도 분명 조금은 죽었습니다
어제보다, 아까보다
좀 더 가라앉았습니다
나의 소심함을 나눠 줄 걸 그랬습니다

3부 |

나는 새를 봅니다

나는 새를 봅니까*
희고 큰 새를 보는 사람들은
하고 싶은 말을 참습니다

풍경을 지퍼처럼 여닫으며
지나가는 새
날갯짓은 거침없고
멈추기엔 적합하지 않습니다

새가 지나간 자리는 상처가 되고 흉터가 됩니다
저렇게 크고 하얀 날개가 안 보인다니요
분명, 풍경을 닫으며 지나갔는데요

희고 크고 거침없는,
유일하니까 말할 수 없는 세계

나는 새를 봅니다
당신의 새도 여전히 날고 있습니까

* 송미경 작가의 소설 제목

피사체

새장 안에서 새가 되어 가는 사람
꽃병 속에서 꽃이 되어 가는 사람
어항 속에서 물고기가 되어 가는 사람

무엇이든 되어 보자
어떻게든 되어 보자

지저귀는 꽃
헤엄치는 새
활짝 핀 물고기

나는 내가 아닌 채로
나를 벗고 나를 지나쳐서
최대한 내가 아닌 듯

새장 안에서 헤엄치고
꽃병 속에서 지저귀고
어항 속에서 만개한다

어쩌면
가장 나처럼 웃고 있는
내 얼굴을 들고
그렇게
그렇게

때로는 새

산책길에서 새와 마주친 적이 있습니다
갑자기 바람이 불었고
저만치 한 마리 새가 막 날개를 펼치더군요
우리는 서로를 응시했죠
순간인 듯 영원인 듯 엉켜 버린 시선

인사라도 해 볼까, 하고 손을 들었는데
손이 아니라 날개가
손가락 대신 가지런한 깃털이 바람을 스쳤어요

날개구나, 생각하면 새가 되고
새구나, 생각하면 순식간에 가벼워져요

새의 눈 속에서 나를 보는 나라니,
내 눈 속에서 자신을 마주하는 새도
같은 기분일까요?

몇 번의 날갯짓만으로도 내 것이 되는 하늘

두 날개에 매달린 몸이 이렇게 가벼울 줄이야

느릿한 찰나 속에서 새를 스치며
내 그림자
내 표정
내 한숨도 함께 놓아 버린 것만 같습니다

제 발자국 남겨 두고 순식간에 날아오르던 새
난다는 건 이런 거지, 맘껏 솟구치던 새

때때로 날갯짓 소리가 들려옵니다
날개구나, 생각하면 새가 되고
새구나, 생각하면 한없이 가벼워질 것입니다

꿈에 아빠와 꽃꽂이를 했어요

실컷 미뤄 둔 숙제처럼 놓인
열 개의 침봉, 백 송이 꽃
내 손목은 텅 비어 있었는데

불쑥, 아빠 손이 나왔어요
빈 손목에서 아빠 두 손이 자라났어요
오래전에 타 버렸던 아빠 손이
활짝, 피어났어요

아빠는 꽃꽂이를 잘하셨거든요
누구든 진심으로 감탄했어요
꽃농사는 고되고 늘 향긋하진 않았지만
꽃밭 한가운데 아빠는
해바라기보다 우람하고
해바라기만큼 찬란했고요

꽃꽂이를 할 때 아빠는
거침없이

전지전능하고
전지전능하고
전지전능했죠

아빠의 두 손으로 무장한 나도
오늘은 전지전능 무적 소녀

근데 왜 침봉이 열 개밖에 안 되나요?
꽃도 백 송이뿐이라니요
열흘 밤낮 꿈속에서 꽃꽂이만 해도 상관없으니
아빠 두 손을 이대로 제게 심어 주시면 안 되나요?

납작한 이야기

어제 본 고양이가 납작해졌어
담장 위 교교한 눈빛만 남겨 놓고
최선을 다해 고양이처럼 뛰어내리던
분명 어제는 고양이라 불리던 고양이

납작한 것들을 무어라 부르면 좋을까
고양이였던 고양이를 부를 또 다른
이름이 있을까

바람이 불 때마다
나뭇잎을 놓치는 나무들
나무를 떠난 나뭇잎은
낙엽이라 불리며
시름시름 저물어 가지

납작한 생각에 빠진 고양이의 부동자세
침잠하는 고양이의 뒷모습은 슬프구나
내게 없던 나뭇잎들이

비명을 지르며 사방팔방 흩날리는 기분이구나

어제 나를 지나친 고양이가
저리도 납작한 몸짓으로 나를 할퀸다
한때 고양이였던 고양이의 납작한 이야기가
야옹야옹, 다시 부풀어오른다

이름

우리, 통성명은 하지 말자
너는 그냥 지나가는 돈키호테
산초도 로시난테도 없이
야윈 길 위를 뚜벅뚜벅

마치 처음 보는 것처럼
가볍게 악수나 나누고 말자
맞잡은 손을 한 번 두 번 세 번 흔들고
그저 돈키호테처럼 가던 길 가면 되는 거지

정말이야, 알고 싶지 않아
이름을 알게 되면 그때부터 외로워져

외로움은 뾰족하고
외로움은 따뜻하며
외로움은 덜 닫힌 창문
언제든 닫을 수도 열 수도 있겠지만

창문 아래 기웃기웃 피어나는 꽃들
어제까지는 그냥 꽃이었던 꽃들

궁금하지도 않았는데 왜 알려 줬어?
원추리, 라고 저 꽃들을 호명하는 순간
너의 긴 그림자는 돌아설 테고
나는 산초나 로시난테가 되고 싶어질 거야
분명 네 시선은 풍차만큼 높은 곳에 있을 텐데

제발, 지나가 버릴 어떤 사람들에게
이름 따윈 없었으면 좋겠다
잊은 줄 알았던 이름 따위에
고개 돌리는 일은 없었으면 좋겠다

난데없는 이야기

빨간 장미가 좋겠어
꾹 다문 꽃잎이 고집 세 보여
아직은 겨울
다행히 겨울
나만 추운 건 아니니까

선물이라도 고르는 것처럼
조금 더 돌아다녀 보자
화원의 꽃들은 과묵하면서도 수다스럽지

몇 송이쯤 사야 덜 추울까
노란 장미도 몇 송이 사야겠지
아무도 묻진 않겠지만
꽃다발에는 꼭 이유가 있어야 할 것 같아

나의 망설임이 지루해질 무렵

TV에선 믿기지 않는 먼 나라의 공습 속보

만발하는 꽃들처럼
질주하는 향기처럼
피어나는 화염이라니
작렬하는 비명이라니

뉴스 앞에서 꽃을 든 채 멈칫하는 사람들
그러거나 말거나,
무심히 꽃다발이 되어 가는 장미들
꽃다발 속에서도 필사적으로 장미스럽게
노랗고 빨간 한숨을 뱉는다

그래, 이유 없는 꽃다발은 없는 법

잊을 뻔한 이야기

기억나? 우리 어렸을 때 만났던 옆 동네 곰. 초록색 콘크리트 집에서 어슬렁거렸잖아. 털도 까맣고 눈동자도 새까맸지. 쇠창살이 있었는데도 처음 한동안은 무서워서 못 본 척했잖아. 학교 가려면 만날 수밖에 없는데도 꿋꿋이 모른 척 지나쳤지.

곰은 자주 널브러져 있었어. 눈을 뜨고 있는데도 감은 것처럼 아득한 표정이었어. 모든 것이 웃기게 캄캄해서 우린 곰을 밤이라 부르기로 했지. 밤아, 밤아, 부르면서 곰과 마주했어. 누구든 이름 부르기 위해서는 바라보아야 하니까. 우린 깔깔대며 허락 없이 곰을 불렀어. 밤아, 너는 이제 밤이야. 훤한 대낮에 밤을 불렀어. 아무려면 어떠냐는 듯 우리를 올려다보던 곰은 깊은 어둠 같은 한숨을 쉬었어. 천천히 자세를 고쳐 앉던 곰의 옆구리에 뭔가가 있었지. 도대체 뭘까? 한숨 쉬던 곰이 진짜 밤 같아서, 우린 더 이상 웃을 수가 없었는데.

엄마도 밤처럼 똑같이 한숨을 쉬며 웅담, 이라고 말해 주었어. 으응, 그렇구나, 고개 끄덕였지만 그때는 잘 몰랐지. 안녕, 밤아? 인사만 던지고 한동안 곰우리 앞을 빠르게 지나갔어. 밤이 묻을까 봐 어둠이 옮겨 올까 봐 겁먹었던 거지.

괜히 이름 지어 줬네, 우린 후회했어. 이름 부르는 순간, 모른 척하기 힘들다는 걸 어린 우리도 알았던 거지. 밤아, 그래서 너는 늘 어둠 같았구나. 차라리 봄이라 부를걸. 벚꽃 잎 날리던 진짜 봄이었는데.

우리가 밤이라 불러서 더 어두웠을까, 일찍 저물었을까, 한참을 고민하게 만든, 열 살 봄날에 만났던 그 곰. 그래, 기억하지? 사실 나는 까맣게 잊었었는데 간밤 꿈에 만났어. 여전히 한 덩이 어둠 같았는데 날 보더니 웃더라고. 정말이야, 분명히 웃었어. 근데 나는 곰이 다시 어두워질까 봐, 차마 이름은 못 부르고 인사만 했지. 안녕? 잘 지내니, 안녕? 이제는 환하니, 안녕, 안녕? 긴 꿈속에서 짧은 인사만 내내 건넸다니까. 그래도 곰은 웃더라고, 그믐밤 그믐달처럼 말이야. 그 웃음이 너무 환해서 눈물이 나더라. 그래서 말인데, 혹시 다음에 네 꿈에 나타나면 꼭 전해 줄래? 그때 함부로 이름 붙여서, 밤이라 불러서 미안했다고.

의미심장한 이야기

당연한 듯 꽃은 피고,
아무렇지 않게 잎이 돋았다
뭐, 언제나 그랬었지
달력은 찢을 수 있어서 매력적인 것
한 장 두 장 내가 찢은 달력들은
모두 어디로 갔을까

한낮 기온이 올해 들어 최고라는데
나는 여전히 패딩조끼를 벗을 수가 없구나
며칠째 가시지 않는 미열과 오한
이토록 추운 봄날 지는 꽃을 본다
세상에, 오늘이 벌써 입하立夏라니!

트램펄린 위에서
두근두근, 온몸이 심장이 될 때까지
뉴스 시간이 되면 무조건 점핑을 시작해
희한하게도 요즘, 점핑타임이 길어지고 있어

뉴스를 보는데 눈물은 왜 흐를까
점핑점핑, 멈추고 싶은데
뉴스가 끝이 나질 않잖아
울면서 점핑하는 기분을
누구에게 털어놔야 할까

기우뚱,
기울어지는 것들이 있고
우르르 쏟아지는 것들이 있어
쏟아지면 사라져 버리는 것들에 대해서는
누구에게 말해 볼까
기우뚱한 내 자세가 그렇게 우습니
멀리 남쪽 바다에서의 일처럼

어디에도 없고,
어디에나 있는 계절의 흔한 풍경
바다는 멀리 있지만
수평선은 한없이 길게 뻗어 간다

겨우겨우 핀 꽃들,
안간힘을 다해 돋은 잎들이
달력 한 장처럼 그냥, 찢길 수도 있다는
그렇고 그런 사실들

그저 무심히 점핑이나 하면서
그저 긴 뉴스나 응시하면서
점핑점핑, 눈물방울이나 떨구는
덥지만 추운 봄날 저녁의 몸부림

우키시마호[*]

그때 고마 배를 놓쳤다아이가. 해방되고 조선으로 퍼뜩 가야하는데 첫 배를 마 안 놓쳤나. 배 떠났다고 영감한테 얼마나 뭐라 캤는지. 근데 그 배가 가라앉았다 안 하나. 너그 아빠가 뱃속에 있었고 큰고모는 세 살이었제. 하마터면 다 죽을 뻔했다. 그때 안 죽고 이제 죽으니 다행이지.

할아버지 장례식장에서 할머니가 불현듯 오래전 이야기를 꺼내셨어. 강제징용 다녀왔던 건 알았지만 이토록 갑작스러운 후일담이라니. 그것도 할아버지 돌아가신 날에. 나는 울다 말고 할머니를 빤히 봤어.

응? 배가 가라앉았다고? 배 이름이 뭔데요?

몰라, 그거를 우째 기억하노. 아마 억수로 죽었을 기라. 에구, 불쌍한 사람들. 영감 죽으니까 그때 생각이 나네. 그 배 탔으면 우쨌겠노. 너그 아빠는 태어나지도 못했고, 니도 없었겠제. 뭐하다 배를 놓쳤는지 기억도 안 나는데 너그 할배가 제일 잘한 일이다. 배 놓친 거.

1945년 8월은 지독하게 더웠고 또 추웠을 거야. 거짓말처럼 제국도 식민지도 사라졌고, 패전국의 항구에서 이어지던 여름밤도 결국 끝이 났지. 다시는 만나고 싶지 않은 그 여름 이야기가 나와 무관한 것이 아니었다니.

하염없이 다음 배를 기다리는데 항구에 뜬 보름달에서 비린내가 줄줄 새는 기라. 어찌나 배가 고프던지 고모 달래느라 식겁했다아이가. 그날도 달은 둥글고 컸는데 오늘은 더 크네. 너그 할배 보내기 딱 좋은 날이구마.

60년 묵은 이야기가 활개치기 좋은 날이었지. 그날은 정월대보름이었어. 놓친 배 이야기는 밤새 반복되었고 할머니의 기억도 보름달만큼 뚜렷해졌었지. 할머니가 들려준 이야기 중 가장 비현실적인 현실담 우키시마호 놓친 이야기.

그때 세 살이었던 큰고모 말고는 모두 저물어 버렸지만 놓친 배 이야기는 아직도 진행 중이네. 우리가 놓친 가련한 배 이야기는 앞으로도 끝끝내 유효하겠지. 잊을 만하면 보름달이 뜰 테고

보름달만 보면 더 선명해지겠지.

* 일제 강제동원 피해자들을 태운 '귀국 1호선'. 1945년 8월 22일, 오미나토항에서 출항한 우키시마호는 돌연 방향을 돌려 마이즈루항으로 향하더니 8월 24일에 갑자기 폭음과 함께 폭발하고 말았다. 아직도 해결되지 않은 미제사건이다.

피노키오

피노키오는 태어날 때부터 귀가 아주 작았다.
얼마나 작은지 맨눈으로는 거의 보이지도 않을 정도였다.
그런데 하룻밤 사이에 귀가 빗자루처럼 길게 자랐으니
얼마나 놀랐겠는가!
— 카를로 콜로디 「피노키오」 중에서

문제는 코가 아니라 귀였어요
아빠는 너무 작은 목소리로
내 이름을 부르고 심부름을 시켰던 거예요
대답 안 한 게 아니라고요

아빠 목소리가 내 귀에 닿기 전에 움직인
성급한 두 발 탓도 있어요
눈 코 입 턱 목 그리고 어깨 배 팔 손 다리 발
그다음은 귀,
보세요, 왜 귀보다 다리가 먼저냐고요
다다다다 당나귀처럼 날뛸 수밖에 없는

귀보다 우선인 다리라니

전지전능하신 아빠,
당신 귀가 너무 성가셨나요
세상의 소리들이 버거웠나요
그래서 내 귀에 인색했던 건가요

오늘은 검게 타 버린 두 발 대신,
성질 급한 코로 당신을 찔러 보기로 합니다
아빠, 라는 말을 뱉는 것보다
거짓말이 자라는 속도가 더 빠르니까요
죽죽죽죽, 코가 달려가요
거짓말이 무럭무럭 자라나요

아, 아무래도 아닌 것 같아요
코가 아니라 귀에 집중했어야 해요
외면하고 모른 척했던 소리들,
듣고 싶은 것만 들었던

있지만 없고 보여도 안 보이던 귀가
장난감나라에서 왜 하필 제일 먼저 커졌을까요

거짓말은 너무 흔하니 길어지는 코 따위로는
그저 쿡쿡쿡, 찔러나 봅니다
아빠아빠, 쿡쿡, 더듬어 봅니다

도대체 내 귀는 언제 활짝 열려요?
이런 질문 왜 했지 싶게 갑자기 간지러워지는 귀
언제부터 이렇게 간질간질 따뜻했을까요
라디오는 언제부터 저렇게 켜져 있었나요
아니, 우리 집에 언제부터 라디오가 있었나요?
저 소리가 안 들리나요?
제발 좀 꺼 주시겠어요, 전지전능하신 아빠?

갑자기 없는 귓불이 뜨거워져요
출렁대는 소리들이 촛농처럼 흘러내려요

오늘이*

이제, 내일이 온 거야?
오늘이 내일이야?
잠에서 깨자마자 묻는 어린 아들
지금은 오늘이란다
내일은 또 한 발 뒤로 물러났어
우리가 만나는 날은 항상 오늘이야
자기 전의 오늘은 어제로 가 버렸단다

아니지, 오늘이는 오늘 떠났지
자, 들어 봐
이건 아주 먼 옛날이야기야
강림들판에 이름도 없이 살던 소녀가 있었어
누군가 오늘이라 이름 붙였어
오늘 만났으니 오늘이가 된 거야
어제도 오늘이
오늘도 오늘이
내일도 오늘이

없다 여겼던 부모가 원천강에 살고 있대
이름도 얻고 엄마 아빠 있는 곳도 알게 됐어
그래서 그곳으로 떠났지
엄마 아빠가 저승에 살고 있다는데도 떠났어
원천강은 저승에 있는 강이거든
거기가 어딘 줄 알고 무작정 걸어갔을까
오늘이의 시간들은 차곡차곡 어제가 되어 쌓였어
오늘이는 언제나 오늘 움직였지
서쪽, 서쪽을 향해 무조건
응? 그래서 엄마 아빠 만났냐고?
그래그래, 만났대 좋았겠지?
그곳은 신비한 곳이야
사계절이 한곳에 다 있대
모든 시간이 거기서 흘러나온대
오늘 결심해서 오늘 떠난 오늘이는
그래서 시간의 신, 사계절의 신이 됐대
맞아, 이 시간들은 모두 오늘이가 보낸 거래
응? 뭐라고? 엄마는 원천강에 안 가냐고?

그러게, 엄마는 결심을 못 하겠구나
오늘은 곤란하고, 내일쯤 결심할 수 있을까
그래서 엄마는 오늘이가 못 되나 보다
오늘이가 보내 준 수많은 오늘을
그저 흘려보내기만 할 뿐
저기 좀 봐, 저기가 서쪽이야
늘 저기, 저만치 멀리 있어서 서쪽이지
그래, 저기
저어기 저쪽

 * 신화의 섬 제주도에 전해 내려오는 「원천강본풀이」 속 주인공. 이름도 없이 살다가 어느 날 비로소 이름을 갖게 되고 부모의 존재를 알게 된다. 그리고 부모를 찾아 원천강까지 다녀오는 긴 여정 속에서 삶의 의문을 해결한다. 결국, 오늘이는 사계절의 근원지인 원천강에서 사계절을 다스리는 여신이 된다.

사라질 수밖에 없는 이야기
— 집시계급 K에게

싱고니움*이 죽은 건 네 탓이 아니다
귤이 그렇게 빨리 썩을 줄도 몰랐다
유리창 가득 너풀거리는 찢긴 그림자
새떼가 지나간 후, 유기된 흔적들이다
날개 달린 것들은 늘 저런 식이다
뭘 잃어버리든 되찾을 생각을 않는다

싱고니움은 죽어서도 싱고니움의 불안을 지녔다
썩어 가면서도 귤은 제 품위를 놓지 않는다
유리창의 저 얼룩들, 어쩌면
지나간 새떼와는 무관할지 모른다
날갯짓 소리의 주인은 따로 있을지도 모른다

아니다, 아니다, 아니다
싱고니움이 죽은 건 순전히 네 탓이다
썩어 버린 귤은 귤의 자격을 상실했다
죽은 것들은 감당할 수 없는 중력만 지녔다
소리만 남은 날갯짓이 사정없이 창을 두드린다

싱고니움이었고, 굴이었던 존재들이
미처 못 쓴 네 유서를 온몸으로 쓰고 있다
이건 분명 네 탓이다
틀림없이 네 탓이다

* 관엽식물 이름

새는 아직도 죽어 가고 있어

누워 있는 새를 본 적 있어
날개를 접고 누운 새가 있는
너무나도 낯선 우연한 풍경

새는 죽어 가는 중이었어
작은 몸 들썩이며
뉘엿뉘엿 눈을 감고 있었어

언젠가 한번쯤 죽어 봤다는 듯
새의 몸짓은 고집스러웠지

눈감는 중인 새도 처음인데
그 눈동자 속에 내가 있었어
죽어 가며 나를 가두고 있었어

홀연히 바람이 불었고
주인 잃은 새소리가 길 위를 마저 뒹굴었어
죽어 가는 것 말고 달리 할 일도 없었지만

나는 기어이 나를 건져 냈지
필사적으로 죽음을 비집고
악착같이 죽음 바깥으로

죽어 가다 말고
눈감다 말고
새는,
다시 집중하겠지
제대로 온전히 죽기 위해
가장 견고한 자세로, 집요하게

그러니 나는
죽어 버린 새 따위는 본 적 없는 거야
죽어 가는 중인 내가
죽어 가는 중인 새를 스쳤을 뿐
그건 너무 흔한 풍경이니까

4월, 그리고 안녕

나비인가, 싶어 바라보니
꽃잎이었어
하긴 만발했던 봄꽃들이
뉘엿뉘엿 저물 때긴 하지
처연한 그 몸짓을 한참 바라봤어

한 나무를 놓쳤거나 떠난 꽃잎들 혹은,
초록에게 자리를 내주었거나 뺏긴 꽃잎들

4월은 순식간이야
그토록 더디던 계절이 당도하는 속도는 놀라워
안녕, 반가워 인사하고 나면
안녕, 잘 가 손 흔들어 줘야 하지
어쩌면 영영 인사를 못 할 수도 있거든
안녕, 안녕
이렇게 곱고도 가슴 뛰는 인사를

4월이면 먼 남쪽을 향해 귀를 기울여

그곳엔 바다가 있어
종잡을 수 없는 속도의 세계
한때의 바다
한순간의 바다
오랜 바다
누군가의 바다
모두의 바다
거부하고 싶던 바다가
그래도 거기 그렇게

파도가 일어날 때마다
안녕, 안녕 인사하는 것 같아
반갑다, 고 할까
고맙다, 고 할까
잘 있어, 라고 할까
잘 가, 라고 할까
얼른 무슨 말이라도 해야 할 텐데
4월이 또 순식간에 지나갈 거야

하찮은 슬픔

내가 꾸는 꿈은 자주 현실이 된다

꿈에서 비를 만난 건 처음이었다
폭우 속을 걸어도 젖지 않았다
건기의 몸 내부엔 유배된 눈물이 흥건했다
아무리 몸부림쳐도 쏟아 낼 수 없었다
젖는다는 것이 이리도 힘든 일인가

보기 드물게 쾌청한 하늘
기상캐스터는 꽃무늬 스카프를 매고
소풍 가기 좋은 날이라고 발랄하게 말한다
소풍 가고 싶은 마음이 싹, 사라진다

내가 우산을 챙겼으니 비가 오겠지
제일 큰 우산을 들었으니 꼭 비가 와야 한다

꿈은 사실이 될 수 있어도 사실은 꿈이 아니다[*]

오늘 비가 내린다면 예지몽이고
내리지 않는다면 시인은 예언가다

* 1936년에 등단한 시인 백국희의 시 「비 오던 그날」 중에서

첫눈

고양이가 지나간다
몸은 저만치 둔 채
발자국들만 데리고
사
뿐
사
뿐
사
뿐

누구라도 길을 잃고 싶은 밤이다

죽은 고양이를 어루만지며
밤새 토닥토닥 내린 눈
고양이 발자국들은 결국 제 몸속으로
들어가 버렸나 보다

처음으로 외로움을 이해해 본다

안부

내 안에 고여 있던 어둠을
토해 내고 싶었습니다
검은 피, 검은 장기들을 비워 내면
무엇이 남을까요

그믐이 지났고
동쪽 하늘은 또다시 텅, 비었습니다

분명 눈을 감았으니
완벽한 어둠이 완성될 겁니다
너무 캄캄해서 외롭습니다
당신은 무사합니까

4부

아추증후군*

누구나 재채기를 하지만
이 순간, 재채기를 하는 건 나뿐이다
갑자기 만나는 햇빛 때문에
오늘도 나는 거듭 특별해지고

"God Bless You!"
긴 지하 계단 끝, 재채기 몇 번만으로도
축복의 인사는 쌓인다
"땡큐, 덕분에 내 영혼은 너무나 건재하답니다."

왜 하필 나만 이럴까, 싶었던 일들이
이제는 유니크한 나만의 표식이어서 마음에 든다

햇빛만 봐도 재채기라니, 왠지 낭만적인걸!
손차양을 한 채 네가 말했기 때문에
내 어이없는 재채기는 특별한 능력이 되었다

내일도 햇빛은 가득할 테고

재채기는 언제든 준비되어 있으니
긴 어둠을 통과하는 것쯤은 충분히 즐길 만한 일

　　* 햇빛을 보면 재채기를 하는 사람이 있다. '빛 재채기 반사'라고도 불리는 '아추증후군(Autosomal dominant Compelling Helio-Ophthalmic Outburst syndrome, ACHOO)' 때문이다.

춤

아직도 너는 횡단보도를 건너고 있구나
괜찮아, 서두를 필요 없어
너는 그때 죽었단다
횡단보도는 그만 건너도 돼

나쁜 소식이 당도하는 속도는 어쩜 그리 한결같니
조금 빠르거나 조금 늦었더라면,
세상 모든 가정은 무의미해

너는 늘 빠르거나 느렸는데
불운도 그랬어 빠르거나 느렸지
단지 타이밍이 절묘했을 뿐

우린 긴 춤을 추고 있어
*자꾸 내가 발을 밟아**

댄스홀은 아직도 북적이지
너는 대놓고 춤을 싫어했고

네 발을 밟지 않으려는
배려심 넘치는 사람들이
주변에는 너무 많았어
젠장! 빌어먹을 배려심!

눈을 뜨면 모든 게 사라지는 건 아닐까
마치 없었던 일처럼
난 눈을 감고 춤을 춰*

춤을 추려면 어떤 음악이든 필요해
서툴든 능숙하든 파트너도 필요하고

우린 여전히 긴 춤을 추고 있어
우리가 춤을 추는 건지,
춤이 우리를 추는 건지 몰라도

댄스홀은 북적이는 편이 좋아
누구든 발 좀 밟으면 어때

낯선 음악도 듣다 보면 좋아지고
서툰 몸짓도 금방 익숙해지는걸

대신 횡단보도는 짧을수록 좋겠지
너는 가던 길 끝까지 가야 하니까
죽은 너도 데려가서 우리를 기다리렴
우린 좀 더 춤추다 갈게

* 밴드 '브로콜리 너마저'의 노래 〈춤〉 중에서

얼룩말 행진곡

검은 바탕에 흰 줄무늬든
흰 바탕에 검은 줄무늬든
줄무늬는 얼룩말을 완성시킨다
얼룩말의 세계는 유구하다

질주하기 좋은 날이다
질주를 마다할 이유도 딱히 없는 날

4차로 도로를 얼룩말과 나란히 달릴 확률
골목에서 얼룩말을 만날 확률은 얼마나 될까

내가 본 얼룩말이 과연 얼룩말인가,
얼룩말을 보는 나는 현실의 나인가
분명한 경험에 대한 불확실한 의심의 의심들

행진하기 끝내주는 날이다
유일무이한 몸짓으로
독보적인 서사를 만들기 딱 좋은 하루

얼룩말은 동물원을 탈출한 적 없다
줄무늬가 시키는 대로 무작정 달렸을 뿐
얼룩말은 혼자일 때 더욱 얼룩말스럽다

* 2023년 3월 23일 오후 2시 40분경, 서울어린이대공원에 살던 얼룩말
'세로'가 사육장을 탈출해 서울 시내 일대를 활보한 일이 있었다.

너무 긴 일요일

기다란 것들을 떠올리며 일요일을 시작해
모르는 사이 빗소리에 단단히 갇힌 일요일
빗줄기는 길고 빗소리는 더 길지

지도를 들여다보던 아들이
손가락으로 아르헨티나를 가리키며 말한다
예전에 여기 목 긴 공룡이 많이 살았대

오, 그거 좋다, 길쭉한 나라 아르헨티나로 가 볼까
고생물학자가 꿈인 너는 긴 공룡 뼈를 찾고
엄마는 길고 긴 몸짓의 탱고나 배우지, 뭐
나라 이름보다 긴 도시 부에노스아이레스에서
12월의 긴 여행을 시작하자
네가 좀 더 길어진 스물한 살 12월쯤이 좋겠지?

비 오는 일요일은 오전도 길고, 오후는 더 길어
아직도 공룡이 좋은 열네 살 아들이 암호처럼 읊어 주는
아르젠티노사우루스파타고티탄안데스사우루스안타르크토

사우루스……

세상에서 가장 길쭉한 공룡 뼈를 언젠가 너는 꼭 찾겠지
반도네온 선율처럼 이어지는 빗소리, 아직 반나절이나 남은 일요일
사라진 공룡보다 크고 긴 동물이 또 있을까, 문득 궁금해진다

라일락 통신

달에 가면 달을 볼 수 없잖아[*]

달을 가리키며 너는 말했다
모두가 달에 가도 이곳에서
달과 마주할 거라고

그때 라일락이 꿈틀거리고 있었다
꽃보다 먼저 새어 나오던 향기를
너는 단번에 알아차렸다

　우리, 여기 라일락 옆에서 달을 만나자
　그러면 달에도 향기가 날 거야
　곧 달이 눈을 뜨기 시작할 거야

아찔한 향기의 정체는
네 목소리였을까 라일락이었을까
달보다 더 크게 부풀던 심장
온몸이 거대한 심장 같았던 그때

분명 달에서 둥둥 소리가 울려 퍼졌는데

달에 가면 달을 볼 수 없지만
나를 빤히 보는 너를 볼 수 있겠지
그러니 차라리 나는 달에 가야겠어
네 옆에서는 아무것도 보이지 않아

라일락 향기로 시작해서
라일락 향기로 끝났던 언젠가의 이야기
이후의 라일락은 그냥 보랏빛 꽃일 뿐

*달에 가면 달을 볼 수 없잖아**
애써 동의하지 않았던 너의 말
달에 가야 온전히 볼 수 있는 것들이 있으니까

* 고정순 작가의 그림책 『무무씨의 달그네』 중에서

우리 집에 고래가 있다

고양이 이름을 뭘로 지을까
당신은 망설임 없이 말했다
'고래'라고 하자

고래는 갈색 털이 무성하고
고래는 야옹, 대꾸한다
고래는 바다를 본 적 없다

고래는 무심한 긴 꼬리가 있고
고래는 태생적으로 다정하다

고래는커녕 고양이인 줄도 모르지만
고래야, 부르면
시큰둥하게 쳐다보는 고양이

고래는 외롭고
고래는 지루하며
고래는 따뜻하다

고양이에서 고래로
고래에서 고양이로
천천히
천천히
유영하는 고래
야옹야옹 솟구치는 고래

당신이 아니었으면
어떻게 내가 고래를 가져 보겠니
이렇게 말 잘 듣는 착한 고래를

여름 옆에서

하필이면
나와 보폭이 같은 계절
일관되지 않는 걸음걸이도 꽤 닮았다
어제 우리는 걷지 않았고
오늘은 자꾸만 뛰었다
내일은 또 어떤 몸짓을 만들어 볼까

여름은 뒤보다 옆이 익숙하다
오늘도 여름 옆에서 나란히 나란히

긴 낮, 짧은 밤
긴 장마, 짧은 질문
긴 허밍, 짧은 대화
긴 울타리, 짧은 농담
수없이 완성되는 여름의 옆모습

여름은 지루할 틈 없는 표정을 가졌다
여름이 여름다워서 옆에 있을 맛이 난다

머지않아 멀어지는 여름의 뒤통수를 보며
오래오래 손 흔들어 주어야겠지만

여름은 아직 이렇게 가깝고
여름의 몸짓은 참으로 스펙터클하며
여름의 어깨에 자꾸 기대고만 싶어

여름이라 다행인 풍경 속에서
저곳이 아닌 이곳의 나에게
아직은 나일 수밖에 없는 나에게
무성한 손을 팔랑팔랑 흔들어 본다

진정 사과가 맞습니까

사과에서 사과맛이 나지 않는다

사과 모양 사과에는
사과 아닌 것들로 가득하다
사과인 척하는 사과
사과라 우기는 사과

일찌감치 벌레에게 저당 잡힌 사과
썩은 모양이 특별해서 거만해진 사과
내가 샀는데 왜 아직 내 사과가 아닌가

사과입니다! 하면 무조건 사과여야 할까
모락모락 사과향이 나야 할까

사과인 척하는,
사과라 우기는 저것은 수상한 맛이 난다
빨갛고 딱딱한 맛
서늘하고 삐딱한 맛

사과라 박박 우기는 맛

달아나는 모든 것들이
와장창, 사과스럽게 깨져 간다
사과에서 사과맛이 나지 않는 일이
이상하지 않다는 게 이상한 날들

당신의 사과에서는 진정 사과맛이 납니까

어쩌면 토마토

토마토가 있다
세 개
붉고 둥글다
아니 달콤하다*

세 개의 토마토에는
세 개의 그림자
세 개의 붉음과 둥긂
세 개의 달콤함
혹은, 세 번의 달콤함

세 개의 토마토에는
각기 다른 토마토의 세계
토마토만 아는 세계
토마토여서 가능한 세계
토마토니까 이해되는 세계

토·마·토, 라고 읊어 본다

토마토인 줄 모르는 토마토가
외면한다 토마토가 아닌 척
조금 더 익어 간다
세 개의 붉은 세계를 부풀린다

토마토 그림자는 필사적으로 붉다
토마토 내음은 막무가내로 둥글다
정말이지 토마토처럼 생긴 토마토
토마토일 수밖에 없는 토마토
달콤하지 않을 리 없는

토마토가 있다
어쩌면
토마토라 우기는 무언가가
바로 저기,
붉은 그림자를 떨구고
토마토처럼 꿈틀댄다

* 오규원의 시 〈토마토와 나이프 —정물 b〉에서

기억할 만한 이야기

여기도 별사탕 같은 눈이 내려요,
암병동에서 찍은 사진을 보내며
S가 말했다
얼떨결에 하게 된 수술
암환자가 된 기분보다
왜 눈 내리는 풍경에 대한 대화가 더 길어지는 걸까

느릿느릿 하강하던 눈송이가 바닥에 닿는 순간,
별사탕의 심정을 이해해 본다
그래, 깨지는 것보다
녹아내리는 편이 더 낫겠지
그 옛날 별사탕 맛은 잘 기억나진 않지만
악착같이 녹여 먹던 그때 기분만은 생생하구나
달콤함을 오래 기억하는 방법을
어린 나는 기특하게도 잘 알고 있었구나

눈발이 점점 더 거세진다
별사탕 같은 눈송이가 펑펑

바로 지금 이 순간, 풍경들은
최선을 다해 찬란한 표정
온 힘을 다해 판타스틱 포즈
이곳과 저곳에서 우리는 그저
셔터만 누르면 된다

생일 아침

어제는 아빠의 일곱 번째 기일
밤새 비가 내렸고
먼 나라에선 아직도 전쟁 중
화분 두 개는 야금야금 죽어 가고 있지만

오늘 나는 그냥 행복해도 되겠지
태어나니 좋구나,
마음껏 흐뭇해도 되겠지

아빠를 생각하느라
내 생일은 잊었다는 엄마 말씀이
축하해, 라는 말보다 더 설레는 아침

장례식장에 놓였던 아빠의 댄스슈즈가
왜 갑자기 떠오르는 걸까
아빠를 떠나보낸 생일날
야속하게 반짝이던 댄스슈즈
슬로우

슬로우
흐르던 눈물 대신

퀵, 퀵, 스텝으로

아빠,
오늘은 좀 더 최선을 다해 죽어 볼게요
눈뜨자마자 작별인사를 시작하는 봄꽃들처럼요

경계

자정의 어둠을 깨뜨리며 작약 꽃잎 떨어진다

한 장,

       두 장,

   세 장,

꽃잎 떨어지는 소리가 이리도 요란하다니

명료했던 4월 30일의 작약은

조금은 모호하고 느슨해진 채

5월 1일에 닿는다

고요하고 소란스러운 작약과의 동행

4월의 나는 마지막답게 적막한 얼굴을 하고

5월의 나에게 손을 흔든다 안녕, 안녕

나는 나를 너무 쉽게 버리고

나와 나는 너무 자주 애틋해진다

밤과 밤 사이

나와 나 사이

숱한 경계의 실금들

작약의 표정만 얹은 텅 빈 꽃대가

5월 쪽으로 휘청, 농담처럼 기운다

뜻밖의 기념일

자, 오늘의 세계로 온 것을 환영해
분명 어제는 없었던 풍경
테이블 위, 한 다발의 튤립이
최선을 다해 붉어지려 애쓰고 있어
아직은 겨울
누구든 춥고 외로울 수 있는 시간
꽃집이 보이길래 꽃다발을 샀지
튤립은 꽃다발이 되기에 그만인 꽃
기념일은 언제라도 만들면 그만이잖아
꽃다발 속에서 튤립은 더욱 튤립스럽고
약간은 모호한 향기를 풍겨서 마음에 들어
단지 꽃집에 들렀을 뿐인데
우리의 세계가 이리도 쉽게 완성되다니

자, 이제 튤립이 지기 전에 너의 이야기를 들려줘
나는 단지 튤립인 척 갸우뚱, 귀 기울이고 있을게

5부|

오늘은 해파리

심심해, 조그맣게 중얼거렸는데
순식간에 내가 지워진다
마치 나라서 지루했다는 듯
나만 아니면 괜찮다는 듯
최대한 내가 아닌 모습으로 둥둥 떠오른다

아무리 그래도 해파리라니,
해파리인 채로 해파리와 종일 놀아야 하는구나
속 다 보이게 투명한 상상력이구나

해파리는 나를 닮지 않아서 재미있다
긴 촉수로 창문도 여닫을 줄 알고
무아지경 잠수, 무중력 댄스를
반복해도 지치지 않는다
이목구비가 흐릿해서 더 매력적이구나

해파리는 오래전에 지구를 떠난 적 있다
2478마리 선택된 해파리는 우주로 갔지만

돌아오지 못했다 그곳에서 태어난 6만 해파리는
무사귀환했지만 중력 속에서 방향감각을 잃었다

우주에서 태어난 해파리는 엄연히 외계생명체겠지
지구가 낯선 해파리는 우주가 그리울까
심심深深하고 싶었던 해파리와 그저 심심했던 나
무아지경 잠수, 무중력 댄스를 반복하며
흐릿한 이목구비를 더 확실히 지워 간다

* 1991년 NASA는 무중력환경이 생물에 미치는 영향을 알아보기 위해
2478마리의 해파리를 컬럼비아호에 실어 우주로 보낸다. 12년간의 연구
가 끝났을 때 처음 2478마리의 해파리는 모두 죽었지만 무사귀환한 후
손은 6만 마리까지 불어나 있었다. 무중력상태에서 태어난 해파리들은
중력의 영향을 받자 방향감각, 운동감각을 잃어버렸다. 이 해파리 실험
이후, 우주에서 체류할 수 있는 기간을 미국은 최대 6개월, 러시아는 최
대 1년으로 규정하게 된다.

우리 같이 스카이다이빙 할까?
— 내 오랜 친구 황성희 시인에게

안녕, 황 시인?
그사이 또 계절이 지났네
석 달 만의 통화인데도 어쩜 이리도 유쾌할까
그래, 요즘 시는 좀 어때?

졸업 이후 우린 한번도 만나지 않았지
언니는 남쪽의 광역시에서
나는 북쪽의 소도시에서
엄마가 되고
시인이 되고
불량한 시민
자본주의자
무신론자
유물론자
발랄한 이상주의자로 뚜벅뚜벅 걸어왔지
대통령이 네 번 바뀌는 동안에
하지만 우리 둘 합치면 시집은 일곱 권

언젠가 TV에서 여행 프로그램을 보다가
언니를 떠올렸어
기억하는 건 이십 년 전 우리지만

아르헨티나에 가면 스카이다이빙을
거뜬히 할 수 있을 것만 같아
거기서라면 단숨에 이십 대가 되어
무엇이든 도모해야 할 것 같아
보랏빛 하카란다 향기를 뒤집어쓰고
부에노스아이레스 7월 9일 대로 한복판
오벨리스크 꼭대기까지 날아오를 수도

뱃속에서 나비가 팔랑거리네
보이는 족족 나비를 삼켰더니
이제는 내가 나비가 될 것 같네
이 기분이라면 무조건 해피 투게더지!

세 시간이면 닿을 이곳에서보다

지구 반대편 아르헨티나에서라면
오히려 쉽게 만날 수 있을 것 같은 느낌

세 번째 네 번째 시집을 각자 들고
에세이사 국제공항에서 인사를 하자
안녕, 황 시인
안녕, 이 시인
우리 같이 스카이다이빙 할까?

그치만 우린 너무 죽이 잘 맞아서
아르헨티나행 비행기는 영영 안 타겠지
스카이다이빙을 마다할 이유를 못 찾을 테니
이곳에서 그냥 길고 긴 시나 쓰겠지

절대지식*

툭,
발치로 돌멩이 하나가 굴러왔다
어디선가 본 적 있는 장면이다
돌멩이는 다분히 저돌적이다
내면에는 맹렬한 속도가 대기 중이다
나는 그런 돌멩이에게 선택당했다

돌멩이 하나를 쥐었을 뿐인데
든든해진다 차가운 온기가 몽글몽글 부푼다
돌멩이는 자라는 중일까
줄어들고 있는 중일까
돌멩이는 과묵하고 굳건하다

깊은 주머니를 장착한 옷만 고집하는 나의 패션 철학
1년 전의 지폐가 오늘, 뜻밖의 횡재가 된 것처럼
주머니는 무한한 가능성으로 열려 있다
1년 후의 주머니에는 무엇이 들어 있을까
몸에서 너무 멀어 내 것임을 자주 잊는,

돌멩이를 꼭 쥐고 있는 왼손 정도는 만나겠지
혹은, 분노와 용기와 맹세를 사정없이 움켜쥔 무언가를

돌멩이에 갇힌 무늬는 돌멩이의 사연을 알고 있겠지
내 기분과 사연도 고스란히 들켜 볼까 싶지만
나를 선택한 돌멩이를 함부로 감금할 수는 없다

어쩌면 이 돌멩이는 1년 후의 내가 던진 신호일지 모른다
나를 제일 잘 아는 내가, 나를 겨냥했을 가능성이 농후하다
오늘의 균열은 너무나 시의적절했으므로

돌멩이의 거침없는 속도를 다시 끄집어내기로 한다
살얼음 가득한 언젠가의 나, 어딘가의 나를 향하여
단 하나의 돌멩이가 온몸으로 그리는 궤적은
참으로 명료하고 눈부시게 찬란하구나

* 르네 마그리트의 그림 〈Absolute Knowledge〉, 1965

펭귄의 날

안녕? 펭귄으로 살기 딱 좋은 날이야
사방팔방 흩날리는 벚꽃 잎들이 눈보라 같구나
갑자기 펭귄 떼가 지나가도 수긍할 거야

오늘은 최대한 펭귄답게 웃고
펭귄처럼 생각하고
펭귄스럽게 움직여 볼까 해
잔뜩 웅크린 그림자부터
어때? 영락없이 펭귄 같지?

사실 나는 추위가 너무 싫거든
겨울이면 잔뜩 껴입고 펭귄처럼 뒤뚱거렸어
아니, 겨울에만 그랬던 건 아니란 것도 인정할게

나를 목격하는 누구라도 웃을 수밖에 없었지만
나는 최대한 펭귄다운 몸짓으로 삐딱하게 서서
"반갑네요. 내 이름은 아델리입니다."
뜬금없이 악수를 청하곤 했지

추위에 질색하면서 남극행을 꿈꾸는 건
제대로 아델리펭귄이 되고 싶어서야
귀여워서가 아니라
무지막지하게 거침없기 때문에

남극에서라면 추운 게 당연하니까
더더욱 펭귄다울 수 있을 거야
추위에 밀접해지는 기분도 나쁘진 않겠지
남극이 춥지 않다면 얼마나 슬플까

안녕, 아델리펭귄?
오늘 나는 너처럼 살아서 좋았는데
절대 너는 내가 되고 싶을 리 없겠지
종일 벚꽃 잎이 눈보라처럼 날렸지만
진짜 눈보라는 아니었으니까

* 매년 4월 25일은 국제 펭귄의 날. 미국 맥머도(McMurdo) 남극관측
기지에서 지구온난화와 서식지 파괴로 사라져 가는 펭귄을 보호하기 위
해 제정한 기념일이다.

벗고개에서 만나요

운전을 할 줄 알아서 다행이에요
저도 이젠 베스트 드라이버랍니다

별 볼일 없는 하루였으니까
진짜 별을 보여 주려 합니다
양평군 양동면 금왕리
벗고개터널 앞에서 만나기로 해요
당신을 위해 두꺼운 옷과 담요도 준비했어요
벗고개의 여름밤은 다정하게 서늘하거든요

어둠과 별은 늘 함께 있답니다
무엇이 먼저 보이느냐가 문제겠죠

별을 만나기 위해서는 짙은 어둠이 필요하고
어둠은 이런저런 무게를 견딘 당신에게
기꺼이 무중력을 선사한답니다
누워서 은하수를 헤엄칠 수도 있어요

초신성 폭발이라든지, 행성과 항성, 별의 차이라든지
과학적 상식은 제게도 충분히 있지만
그게 뭐 중요한가요
우린 지금 이렇게 벗고개에 있는걸요

저기 저 터널은 몇백억 광년 시간을 관통하는 출입구
몇 번을 왕래해 봐도 우린 결국 이곳에 있을 거예요

그러니 말해 봐요,
아까보다 조금 더 환해진 당신
여기서는 무엇이 먼저 보였나요?

정오의 희망곡

무심히 바람이 분다
왼쪽에서 오른쪽으로
오른쪽에서 왼쪽으로
차례차례 순서대로 흔들리는 가로수들
신호를 기다리고 횡단보도를 건너는 동안
계절은 깊어지고 나무들은 무성해진다

생각하는 것이 아니라 생각나는 거야
기억하는 것이 아니라 기억나는 거야
말장난 같은 너의 그 말이
민들레 홀씨가 날아오를 때마다 떠오르는 이유

생각하지 않아도 생각나고
기억하지 않아도 기억나는
숱한 이야기들

민들레야, (두려워 말고) 홀씨를 놓아줘
아무도 모를 거야 바람이 어디로 데려다줄지*

바람처럼 무심히 흐르는 목소리
노래 한 곡 듣는 동안 보란 듯이 지나가는 봄
꼭 쥐었던 손은 도대체 언제 놓은 걸까

* dandelion unleash and let pappus go won't know where breeze
takes you
　　─ 밴드 'PITTA'의 노래 〈DANDELION〉 중에서

당신도 알 만한 이야기
— Do you know Forestella?

레제로 테너, 바소 프로폰도 베이스, 록 보컬, 팝 보컬, 팔세토, 솔로, 듀엣, 트리오, 콰르텟, 두근두근 싱싱sing. 이것은 암호, 이것은 주문.

숲은 편안하고 별들은 찬란히 빛난다. 이곳에서 연금술은 아직 유효하다. 각기 다른 곳에서 달려온 목소리가 동시에 내게 닿을 때, 왜 나는 나이면서 내가 아닌가.

*세상의 테두리와 시간의 경계, 그 사이에서** 노래는 시작된다. 입구이자 출구, 끝이면서 시작, 유토피아이고 디스토피아인 이야기. 천지사방 비처럼 바람처럼 출렁대는 노래들. 무해하면서도 유해한 세계 한가운데서 나는 의도적으로 길을 잃는다.

F 그리고 S, 숲 그리고 별! 이것은 암호, 이것은 주문. 아는 사람은 아는 네버엔딩스토리. '1옥타브 미에서 4옥타브 도'까지 연금술의 마지막을 완성시킬, 넷이면서 하나인 목소리에 대한 경의.

* K 크로스오버그룹 '포레스텔라'의 노래 〈UTOPIA〉 중에서

괜찮아요

　네, 반가워요. 안부 물어 줘서 고마워요. 바다요? 간혹 가요. 두 시간만 운전하면 바다에 닿거든요. 아이들도 좋아해요. 바다에 가면 금방이라도 고래를 만날 거라 믿는 아이들이죠. 네? 아니에요, 이젠 어떤 커피든 상관없어요. 경치 좋은 곳엔 어딜 가나 카페가 있어요. 언젠가 7번 국도의 모든 커피를 다 맛볼 수 있겠죠. 커피를 마시며 시라도 쓰겠죠. 아이들이야 깔깔대며 모래밭을 달릴 테고요. 그곳이 동해든 서해든, 아무튼 바다니까요. 그저 고래를 만나면 좋겠다는 바람으로 질주하는 아이들이니까요. 네? 어떻게 알았어요? 그래요, 해 질 무렵이면 서해를 향해 핸들을 돌리고 싶어져요. 노을에 닿으면 좀 아프긴 하겠죠. 그건 여전해요. 아, 아니에요. *괜찮아요, 안 괜찮아도 괜찮아요.*[*] 가시 돋친 넝쿨이 가끔씩 나를 덮겠지만요, 넝쿨에 친친 감기는 거, 숨 막힐 때까지 나를 가두는 거 좋아요. 벽이라 여기고 기대면 바닥이니까. 드디어 바닥이구나, 생각하고 한숨 자요. 내 잠의 바퀴는 속도를 내며 내 안을 달리죠. 그렇게 달리듯 자고 일어나면 넝쿨은 잠잠해요. 더 이상 찌르지 않거든요. 맞아요, 어제도 그랬는걸요. 아마 당신을 만나려고 그랬나 봐요. 고마워요. 정말이에요, *안 괜찮아도 괜찮아요, 아무튼, 괜찮아요.*

　[*] 피겨선수 김연아가 마지막 올림픽(러시아 소치) 때 인터뷰에서 한 말

만우절

여긴 지금 제법 눈이 내려,
날씨 이야기로 대화를 시작했을 뿐인데
단번에 거짓말쟁이가 된 적 있었다
창밖 풍경이 의심스러운 건 지금도 마찬가지

어떤 진실은 너무 쉽게 농담이 되어 버리고
어떤 거짓은 예상치 않게 진지해진다

북반구의 4월 첫날은 참으로 스펙터클하다
남반구의 4월 첫날도 다를 바 없겠지
4월이 시작되려면 첫날은 꼭 필요하다
조금은 드라마틱하고 판타스틱한 하루가

훨훨, 힘차게 날아오르는 펭귄들
도심 하늘을 맴도는 UFO
스파게티가 열리는 나무 이야기 따위라면
흥미진진하겠지만
만우절만큼 길고 무성한 하루가 또 있을까

오래전에 죽은 홍콩 배우는 만우절마다 돌아온다
질 나쁜 농담, 거짓말 같은 홀연한 이야기가 되어
여전히 그를 그리워하는 옆집 언니의 4월도
슬픈 몸짓으로 시작된다
진심이야, 올해도 언니의 레슬리를 가슴 깊이 애도할게

세상에는 합법적 농담,
합법적 죽음만 있는 것은 아니니까

어떤 거짓말은 다짜고짜 유쾌해지고
어떤 진실은 모호함의 세계에서 끝끝내 견고해진다

시계탑 앞에서 만나자

오랜만에 약속이나 할까
수요일, 아니면 금요일에
시계탑 앞에서 만나는 걸로 하자

시계탑이라니,
이 도시에 그런 게 있을 리 없지만
시계탑이 없다면
약속 같은 건 의미가 없지

수요일, 혹은 금요일쯤에
난데없이 시계탑이 솟구친다면
얼마나 신날까

그때 너는 시계탑 앞에서
기다리고 있겠다고 말했다
나 역시 시계탑 앞이었지만

너의 시계탑에는 정오의 소나기가 내렸고

나의 시계탑에는 자정의 눈발이 나부꼈다

시계탑은 아무런 죄가 없었다
수요일과 금요일은 더더욱 죄가 없었다

시계탑 없는 도시에서도 시간은 잘도 흘렀고
시계탑 아니어도 약속 장소는 흘러넘쳤지만

나는 반드시 시계탑이 필요했다
약속하기 좋은 날들은 시계탑으로부터 비롯되었다
수요일이든 금요일이든
시계탑 앞이라면 어떤 약속이라도 상관없으니

너는 그곳에서
나는 여기에서
각자의 배경이 되어 줄 시계탑만 찾으면 된다

소마트로프*

사물이 거울에 보이는 것보다 가까이 있음
어떤 경고는 일관되게 친절하다
너무 친절해서 경고라는 것을 깜박한다

사물은 휴일이 없고 예의도 없다
사물은 맹렬하며 유연하다

사물은 불현듯, 불쑥 나타나
세상 모든 거울을 명랑하게 휘젓고
거울 속 풍경을 내게 들이붓는다

나는 백미러보다 사이드미러를 선호한다
볼록한 거울을 보며 체감하는 비현실적 거리감

거울이 해석하는 사물, 을 해석하는 나, 를 해석하던 날들
어떤 사물은 거울에 보이는 딱 그만큼의 위치에 있었고
어떤 거울은 보이는 것보다 더 커다란 누군가를 가두기에 좋았다

* 원반 앞뒤에 각각 다른 그림을 그리고 회전시켜 마치 하나의 그림처
럼 보이도록 만드는 애니메이션 장치. 잔상효과

시는 어떻게 오는가 — 이은림의 시세계

고봉준(경희대 교수·문학평론가)

시는 어떻게 오는가
— 이은림의 시세계

1

이은림의 세계에는 '아직도' 꽃이 피고 새가 난다. 아스팔트와 콘크리트로 뒤덮인 세계에서 태어나 살아가는 현대인들은 '꽃'이나 '새' 같은 자연적 대상보다 컴퓨터나 휴대전화 같은 전자기기에 더 친밀함을 느낀다. 인공적인 것이 자연적인 것처럼 느껴지고, 자연적인 것이 인공적인 것처럼 낯설게 느껴지는 것, 이것이 현대의 조건이다. 이 조건에서 태어나 성장한 현대의 시인들은 '꽃'과 '새'에 관심이 없다. 이미 오래전에 '도시'는 시의 흥미로운 대상이 되었다. 이은림의 시에 꽃과 새가 자주 등장하는 것을 가리켜 '아직도'라고 표현한 이유가 여기 있다. 우리는 '꽃'과 '새'에 대해 사실 아는 바가 없다. 자연에 대해서라면 우리에게 무관심과 무지는 동전의 양면 같은 것이다. 어떤 것에 대해 알지 못한다는 것은 '차이'를 읽어 내는 능력이 없다는 의미이다. 우리는 간혹 목격하는 꽃의 이름을 알지 못한다. 또한 도심 곳곳에 뿌리내리고 있는 나무의 이름도 알지 못한다. 그 나무 위에서 지저귀는 새의 이름을 모르는 것은 당연한 일이다. 우리에게 그것들은 꽃, 나무, 새 같은 개념으로 인지될 뿐이다.

구름감상협회(Cloud Appreciation Society)라는 단체가 있다. 2005년 개빈 프레터피니라는 영국인이 만든 이 단체에는 현재 120개국 6만여 명의 회원이 가입해 매일 구름 사진을 공유하면서 활동하고 있다고 한다. 개빈 프레터비니의 『구름관찰자를 위한 가이드』에는 흘러가는 구름을 가만히 바라보는 행복감부터 구름의 다양하고도 극적인 모습에서 발견한 숭고하고도 덧없는 아름다움까지가 빼곡히 기록되어 있는데, 그것은 '구름'에서 차이를 읽어 내는 능력의 산물이라고 말할 수 있다. 이처럼 어떤 것에 대해 안다는 것은 그것만의 고유한 성질, 그리고 같은 것처럼 보이는 것들에서 '차이'를 발견해 내는 능력이 있다는 것이다. 요컨대 '꽃'이나 '나무' 같은 개념어로 모든 식물을 지시하는, 따라서 '차이'를 읽어 내지 못하는 우리는 그것들에 대해 알지 못하는 셈이다. 반면 "만발했던 봄꽃들이/ 뉘엿뉘엿 저물 때긴 하지"(「4월, 그리고 안녕」)나

"명료했던 4월 30일의 작약은/ 조금은 모호하고 느슨해진 채/ 5월 1일에 닿는다"(「경계」)처럼 꽃의 모습에서 시간의 변화를 감지해 내는 시인은 '꽃'에 대해서 제대로 알고 있다고 말할 수 있다. "꽃농사"(「꿈에 아빠와 꽃꽂이를 했어요」)를 짓는 집안의 딸로 태어나서 그런 것일까? 그녀의 시에는 싱고니움, 라일락, 장미, 튤립, 작약 같은 꽃들이 자주 등장한다. 이것은 '꽃'에 대한 시인의 감각이 남다르다는 의미이기도 하다.

　'꽃'과 '새'만이 아니다. 고양이, 새, 고래, 펭귄, 공룡, 악어, 얼룩말 같은 동물, 그리고 사과, 토마토, 구름, 달 같은 자연적 대상이 이은림 시의 주요 소재이다. 이것은 시인이 어떤 방식의 삶을 살고 있는가를 짐작하게 한다. 어떤 대상에 대해 안다는 것은 그것의 고유한 성질이나 '차이'를 감지하는 능력을 갖고 있다는 것이다. 그리고 이러한 능력을 소유하고 있다는 것은 그 대상과 관계를 맺는 능력이 뛰어나다는 뜻이기도 하다. 그러니까 자연에 대해 아는 바가 없는 우리에게는 그것과 관계 맺는 능력이 없으며, 그것과 관계 맺는 능력이 없기 때문에 우리는 자연적 대상에 대해 무지한 상태로 살아가는 것이다. 현대적 삶의 공간인 '도시'는 자연에 대한 무지가 아무런 불편을 초래하지 않는 장소이다. 가령 도시에서는 '별'이나 '달'에 대해 알지 못해도 아무런 문제가 없다. 도시인의 대부분이

'별'이나 '달'에 대해 아는 것이 없는 이유가 이 때문이다. '달'이 매일 어떻게 변하는가를 인지하면서 살아가는 사람은 드물고, '별'을 하나의 개별적 대상이 아니라 관계, 즉 '별자리'로 읽을 수 있는 능력을 지닌 사람은 더욱 드물다. 그런데 '도시'를 벗어나는 순간 우리는 자신이 자연에 대해 얼마나 무지하고 무능력한 존재인지 실감하게 된다. 이은림의 시가 자연적 대상을 주요한 시적 소재로 삼고 있다는 것은 그녀가 그것들과 관계를 맺고 살고 있다는 것을 말해 준다.

한편 이은림의 시에는 자연적 대상만큼이나 다양하고 많은 '인용'이 등장한다. 애니메이션, 뉴스, 영화, 그림책, 신화, 시, 그림, 노래 등 인용되는 텍스트의 종류나 장르도 무척 다양하다. 이것들 또한 시인의 일상을 간접적으로 보여 준다. 하지만 시의 소재가 자연적 대상에 집중되어 있고, 시에 수많은 인용이 등장한다는 사실이 중요한 까닭은 그것이 시인의 일상적 삶을 알려 주기 때문만은 아니다. 오히려 이러한 특징적인 요소들이 가리키고 있는 것은 시가 탄생하는 순간이다. 시인은 동식물을 비롯한 자연적 대상과 직간접적으로 관계를 맺고 살고 있으며, 그림책, 영화, 애니메이션, 시 같은 다양한 텍스트를 일상적으로 경험하면서 살고 있다. 그리고 그녀의 시는 이러한 일상적 경험의 경계를 벗어나지 않는다. 여기에서 말하는 일상적 경험이란 어떤 마주침을 의미하는데, 그녀에게 시는 이 인상적인 마주침의 순간에 대한 기록이라고 말할 수 있다. 이 마주침이라는 시적 사건이 앞에서 설명한 '차이'를 지각하는 능력, 그리고 시적 대상과 관계 맺는 능력의 정도에 달려 있음은 상식이다.

2

서랍은 늘 조금씩 열려 있습니다.
들키기 쉽게
아니, 들킬 수 있도록.

누구도 자신의 서랍은 볼 수 없습니다.
스스로에게만 사각지대거든요.

서랍에는 1인칭의 이야기가 가득합니다.
사소하고 하찮은 담론부터
거대하고 자의적인 농담까지
어쨌거나 내 것일 수밖에 없는 이력들.

등 뒤에서 누군가 내 서랍을 읽고 있습니다.

아마 제법 오래 관찰 중이었던 것 같은데요.

내 서랍이 그 정도로 크고 깊은 걸까요.

서랍에 대해서는 지극히 제한된 표현만 가능합니다.

그리고 우리는 각자 펜과 붓을 들고 있고요.

서랍은 고의적으로 들통납니다.

내 서랍은 순식간에 그림으로 증명되겠지요.

서랍을 열자마자 날아오르는 파랑새라니요,

그래서 등 뒤가 그토록 가려웠던 걸까요.

이번엔 내 방식으로 누군가의 서랍을 열겠습니다.

조금 넓어진 입구로 한껏 풍경을 읽은 후,

옮겨 적어 볼까 합니다. 이를테면, 詩랄까요.

― 「크고 깊은 서랍」 전문

　세상에 존재하는 모든 것들은 '서랍'을 갖고 있다. 인간이
아닌 존재도 예외가 아니다. 모든 인간에게 각자의 '서랍'이

있듯이, 인간 아닌 모든 존재, 가령 동물, 식물, 사물 등에도 저마다의 '서랍'이 있다. 시인에 따르면 그 '서랍'은 크고 깊다. '서랍'이 크고 깊다는 것은 누군가가 한번에 그 내부를 모두 들여다볼 수 있을 정도로 빈약하지 않다는 의미이다. '모자'가 이야기의 세계로 들어가는 '입구'(「이야기모자 이야기」)라면, '서랍' 또한 어떤 존재의 내부의 풍경을 응시하기 위해 마주해야 할 '입구'라고 이야기할 수 있다. "이번엔 내 방식으로 누군가의 서랍을 열겠습니다."라는 진술에서 암시되듯이 시인은 다른 존재의 '서랍'을 여는 행위를 '시(詩)'라고 명명한다. 시에 대한 이러한 인식은 하이데거의 탈은폐(aletheia) 개념을 연상시킨다. 하이데거는 사물 또는 존재자의 내면에 감춰진 것을 밖으로 끄집어내는 일을 알레테이아라고 정의했는데, 이것은 망각이나 은폐를 뜻하는 그리스어 레테(letthe)의 반의어이다. 하이데거에게 예술은 은폐된 것을 끄집어내는 행위이다. 그런데 예술만이 끄집어내는 것은 아니다. 그는 현대적인 기술 역시 목적 달성을 위한 수단이나 도구가 아니라 '탈은폐'의 한 방식이며, 다만 그것은 '닦달(gestell)'이라는 도발적인 요청이라고 주장했다. 현대적인 기술은 스스로 눈앞에 나타나지 않은 것을 발굴, 즉 강제로 드러내는 행위라는 것이다.

반면 '서랍'을 여는 시인의 행위는 이와 다르다. 시인이 누군가의 혹은 어떤 것의 '서랍' 속을 들여다볼 수 있는 것은 그 서랍이 "늘 조금씩 열려" 있기 때문에, 즉 누군가의 시선을 허락하기 때문이다. 이것이 바로 도발적인 요청으로서의 기술과 시가 다른 점이다. 모든 '서랍'은 언제나 "들키기 쉽게/ 아니, 들킬 수 있도록" 준비하고 있다. 저마다의 "서랍은 고의적으로 들통납니다."라는 진술이 그것이다. 이처럼 '시'와 '기술'은 강제성의 유무에서 차이가 있다. 하지만 시인이 들려주는 이 서랍론(論)의 핵심은 시를 쓰는 일이 사물의 외면이 아니라 그 내부를 들여다보는 행위라는 것에 있다.

그렇다면 시적 대상의 내부, 즉 '서랍' 속에는 무엇이 있을까? 사실 그 '서랍' 속에는 아무것도 들어 있지 않다. 아니, 그렇기 때문에 모든 것이 들어 있다고 말할 수도 있을 것이다. 이 시에서 '서랍'이 실체적인 사물이 아닌 것처럼 그 안에 들어 있는 것도 구체성을 지닌 물질이 아니다. '서랍'의 내부 풍경은 시인과 '서랍'의 만남, 그 시적인 사건의 순간에 형성될 따름이다. 이 불가역적인 사건의 결과로 만들어지는 풍경의 절반은 시인에게서 온 것이고 나머지 절반은 시적 대상, 즉 '서랍'의 주체에게서 온 것이다. 시를 쓴다는 것, 어떤 존재의 '서랍'을 열어 그 내부의 풍경을 보는 행위에는 이미-항상 '나'의 내부를 보는 행위가 포함되어 있기 마련이다. 시는 대상에

대한 관찰이 아니라 대상의 '내부'를 보는 행위를 통해 '나'의
내부를 드러내는 일이다.

풍경을 먹는다
꾸역꾸역 마시고 뜯고 씹는다
내 안 가득 채워지는 것들,
나를 삼키며
내가 되어 가는 시간들

마주한 풍경마다
고스란히 내가 된다
거침없이 나라고 우긴다
다짜고짜 나인 척 입을 연다

이 시선의 주인은 누구인가
풍경이 나를 보는 건지
내가 풍경을 갖는 건지
그저 나는 전망 좋은 무엇!
어디 나의 전망을 벗어 볼까

나를 벗고 너를 벗고

전지전능을 벗어 던질까

이리도 겹겹인 존재를 찢어 볼까

사라진 눈꺼풀을 들어 올리며

부릅! 눈을 뜬다

어디에나 있고

어디에도 없는 내가

찰나의 풍경마다 빼곡하다

— 「루시」 전문

　'루시'는 뤽 베송 감독의 영화에 나오는 여주인공의 이름이
다. 이 영화는 평범한 삶을 살던 한 여성이 악당에게 납치되어
몸속에 강력한 합성 물질을 넣은 상태로 운반책 역할을 맡는
이야기이다. 그러던 어느 날 예기치 않은 외부 충격으로 합성
물질이 루시의 신체 안에서 터지는 사건이 발생한다. 그런데
그 물질이 신체에 흡수됨으로써 루시는 자신의 내부에 존재
하고 있던 잠재 능력이 일순간에 깨어나는 경험을 하게 된다.
시인은 이러한 영화적 모티프를 '풍경'과 '나'의 관계에 원용
한다. 몸 안에 합성 물질이 퍼져 강력한 지각 능력과 감각 능

력을 소유하게 된 루시와 자신이 마주친 '풍경'을 내부화한 상태의 시인은 이중적 존재라는 의미에서 유사하다.

한편 이 시는 '서랍'의 내부에 존재하는 '풍경'을 대하는 시인의 태도에 관한 진술로도 읽을 수 있다. 우리의 일상은 '풍경'과 마주치는 순간의 연속이다. 이 마주침이라는 사건을 통해 '풍경'은 우리의, 시인의 내면에 차곡차곡 쌓인다. 모든 마주침이 내면화로 이어지는 것은 아니고, 내면화된 풍경 역시 곧바로 시가 되는 것은 아니다. 하지만 이러한 정보의 입력과정(input)이 인간의 생물학적·실존적 근본 조건임은 부정할 수 없다. 시인은 이 과정을 "풍경을 먹는다/ 꾸역꾸역 마시고 뜯고 씹는다"처럼 먹는 행위에 비유한다. 이 과정을 내면화라고 부른다면, 시의 출발점은 풍경을 내면화하는 작업에서 시작된다고 말할 수 있다. 내가 "마주한 풍경마다/ 고스란히 내가 된다"라는 진술의 의미가 그것이다. 시인은 '나'와 '풍경'의 이러한 일체화를 "겹겹인 존재"라고 인식한다. 이 시의 제목이 '루시'인 이유는 이 "겹겹인 존재"라는 상상력이 영화에서 왔기 때문이다.

그런데 이러한 풍경의 내면화는 한 가지 문제를 발생시킨다. "이 시선의 주인은 누구인가"라는 존재론적인 물음이 바로 그것이다. 장자(莊子)의 나비 이야기와 마찬가지로 이질적인 존재의 결합은 항상 주체 문제를 야기한다. "풍경이 나를 보는 건지/ 내가 풍경을 갖는 건지" 단언하기 어렵다는 진술이 그것이다. 이것은 시가 오는 것인지 시인이 시를 찾아 나서는 것인지의 문제와 흡사하다. 이 물음에 대해 시인은 답변은 "어디에나 있고/ 어디에도 없는 내가/ 찰나의 풍경마다 빼곡하다"이다. 여기에서 어디에나 있고 어디에도 없다는 것은 잠재적으로 모든 곳에 존재한다는 것이다. 때로는 그것이 '나'에게 도래하고, 또 때로는 '나'가 그것을 찾아간다.

3

툭,

발치로 돌멩이 하나가 굴러 왔다

어디선가 본 적 있는 장면이다

돌멩이는 다분히 저돌적이다

내면에는 맹렬한 속도가 대기 중이다

나는 그런 돌멩이에게 선택당했다

돌멩이 하나를 쥐었을 뿐인데

든든해진다 차가운 온기가 몽글몽글 부푼다

돌멩이는 자라는 중일까

줄어들고 있는 중일까

돌멩이는 과묵하고 굳건하다

—「절대지식」 부분

　이은림에게 시적 대상과 마주치는 사건은 '풍경'을 내면화하는 과정이다. 하지만 이것이 대상을 '나'의 세계로 환원하는 완전한 주관화를 의미하는 것은 아니다. 앞에서 설명한 내용을 반복하자면 이은림에게 시적 대상을 마주하는 일은 '서랍' 속을 들여다보는 행위로서 그것을 닦달하여 강제로 개방하는 것과 다르다. 따라서 '풍경'을 먹는다는 것은 정보가 입력되는 과정을 표현한 것일 뿐 포식한다는 의미가 아니다. 게다가 우리의 경험이 증명하듯이 이때의 정보가 항상 의식의 층위에 머무는 것도 아니다. "생각하는 것이 아니라 생각나는 거야/ 기억하는 것이 아니라 기억나는 거야"(「정오의 희망곡」)라는 진술처럼 '생각'과 '기억'은 우리의 의지와 무관하게 떠오르기 때문에 특별한 의미가 있는 것이다. 어떤 기억은 망각에 대해 저항하면서 의식의 손길이 미치지 않는 곳에 머물고 있다가 특정한 조건이 되면 우리의 의지와 상관없이 떠오른다. 시적 상상력은 바로 이러한 비자발적 기억이 특정한 시적 대상과 만나 구체적인 이미지를 획득하는 과정이라고 말할 수 있다. 따라서 이러한 기억은 나중에 떠오르기 위해서라도 먼저 내면화되어 쌓여야 한다. 그러므로 여기에서 먹는다는 것은 받아들인다는 것, 외부를 향해 '나'의 감각을 개방한다는 의미로 이해되어야 한다.

「절대지식」에는 시적 대상을 대하는 시인의 태도가 단적으로 드러난다. 시의 제목인 '절대지식(Absolute Knowledge)'은 초현실주의 화가 르네 마그리트의 작품 제목이기도 하다. 마그리트의 동명의 회화에는 거대한 바위가 그려져 있는데, 그 바위가 이 시에서 '돌멩이'로 표현되고 있다. 어느 날 우연히 돌멩이 하나가 시인의 발치로 굴러왔다. 시인은 이 돌멩이를 보는 순간 마그리트의 그림을 떠올린 듯하다. 아니, 시인의 내면에 쌓여 있던 마그리트의 그림이라는 풍경이 우연히 등장한 '돌멩이'와 화학작용을 일으킴으로써 시가 시작되었을 것이다. 흥미로운 것은 시인이 지금 자신이 직면한 상황, 그러니까 돌멩이 하나가 자신의 발치에 굴러온 상황을 "나는 그런 돌멩이에게 선택당했다"라고 표현한다는 점이다. '선택당했다'라는 술어에서 알 수 있듯이 시인은 이 사건을 '돌멩이'의 의지, 즉 선택에 의한 것으로 이해한다. 이러한 시적 상상력에서 '돌멩이'는 단순한 무기체가 아니다. 그것은 내면에 "맹렬한 속도"를 갖고 있으며, 손과 결합함으로써 화자에게 심리적인 안정감을 제공하기도 한다. 심지어 그것은 '나'의 손안에서 자라거나 줄어들고 있는 것처럼 느껴진다. 시인은 이런 '돌멩이'를 바라보면서 생각을 이어 가고, 마침내 "나를 선택한 돌멩이를 함부로 감금할 수는 없다"라는 결론에 도달한다. 감금하는 것은 돌멩이를 "깊은 주머니" 안에 넣어 두는 것, 즉 내부화한다는 의미일 것이다. 따라서 내부화를 포기한다는 것은 그것에 '나'의 의지를 강제하지 않겠다는 것이며, 이러한 결정을 통해 시인은 새로운 가능성을 긍정하려는 태도를 보여 준다. 풍경의 내면화가 대상을 포식하는 것이 아니듯이, 시인에게 시적 대상과의 마주침은 그것을 '내부화=소유'하는 것이 아니다.

한편 「어쩌면 토마토」에서 '토마토'에 대한 시인의 태도는 또 다른 방식으로 윤리적이라고 말할 수 있다. 오규원의 시 「토마토와 나이프—정물 b」에서 모티프를 가져온 이 시에는 세 개의 토마토가 등장한다. 시인은 이들 토마토를 "세 개의 토마토에는/ 각기 다른 토마토의 세계/ 토마토만 아는 세계/ 토마토여서 가능한 세계/ 토마토니까 이해되는 세계"라고 표현하고 있다. 이것은 각각의 토마토가 "유일하니까 말할 수

없는 세계"(「나는 새를 봅니다」)라는 의미이다. "세 개의 토마
토에는/ 세 개의 그림자/ 세 개의 붉음과 둥긂/ 세 개의 달콤
함/ 혹은, 세 번의 달콤함"이 있다는 것은 그것들 사이에 '토마
토'라는 개념으로는 포착할 수도, 표현할 수도 없는 '차이'가
존재한다는 의미일 것이다.

산책길에서 새와 마주친 적이 있습니다
갑자기 바람이 불었고
저만치 한 마리 새가 막 날개를 펼치더군요
우리는 서로를 응시했죠
순간인 듯 영원인 듯 엉켜 버린 시선

인사라도 해 볼까, 하고 손을 들었는데
손이 아니라 날개가
손가락 대신 가지런한 깃털이 바람을 스쳤어요

날개구나, 생각하면 새가 되고
새구나, 생각하면 순식간에 가벼워져요

새의 눈 속에서 나를 보는 나라니,

내 눈 속에서 자신을 마주하는 새도
같은 기분일까요?

몇 번의 날갯짓만으로도 내 것이 되는 하늘
두 날개에 매달린 몸이 이렇게 가벼울 줄이야

느릿한 찰나 속에서 새를 스치며
내 그림자
내 표정
내 한숨도 함께 놓아 버린 것만 같습니다

제 발자국 남겨 두고 순식간에 날아오르던 새
난다는 건 이런 거지, 맘껏 솟구치던 새

때때로 날갯짓 소리가 들려옵니다
날개구나, 생각하면 새가 되고
새구나, 생각하면 한없이 가벼워질 것입니다

— 「때로는 새」 전문

이은림의 시에는 '새'가 자주 등장한다. 가령 「나는 새를 봅니다」에는 "풍경을 닮으며 지나"가는 "희고 큰 새"가 등장하고, 「새는 아직도 죽어 가고 있어」에는 길 위에서 우연히 발견한 "죽어 가고 있는 새"가 등장한다. 한 시인의 시에 특정한 대상이 반복적으로 등장한다는 것은 시인의 리비도가 그것에 집중되어 있다는 것, 즉 특별한 의미가 있다는 뜻이다. 인용시를 보자. 화자는 지금 산책길에서 우연히 '새'와 마주쳤던 경험에 대해 진술하고 있다. 화자는 이 만남에 대해 '보았다'가 아니라 '마주쳤다'는 서술어를 사용하고 있는데, 그 근거는 "우리는 서로를 응시했죠/ 순간인 듯 영원인 듯 엉켜 버린 시선"이라는 진술처럼 시선이 마주쳤다는 것, 즉 '시인'과 '새'가 짧은 순간에 서로를 응시했다고 생각하기 때문이다. 그런데 화자는 이 새와의 우연한 마주침을 정동적 사건(affective event), 그러니까 '-되기'로 표현한다. 예컨대 화자는 "날개구나, 생각하면 새가 되고/ 새구나, 생각하면 순식간에 가벼워져요"라고 진술하고 있는데 이러한 신체적 변화는 그녀가 '새'와 시선을 마주쳤기 때문에 가능한 것이었다. 실제로 2연에서 화자는 자신의 '손'이 '날개'로 변해서 "손가락 대신 가지런한 깃털이 바람을" 스친 변신 사건에 대해 진술하고 있다. '손'이 '날개'가 되었다는 것은 화자의 신체가 '새'의 어펙트를 획득했다는 것이며, 이때의 '새'는 분자적인 신체로서 새, 즉 '새-

인간'이라는 상호접속적인 상태를 가리킨다. '새'에 관한 모든 예술은 실상 이러한 어펙트에 감염된 신체 상태에 관한 이야기이다. 우리는 이것을 '새-되기'라고 부른다.

처음으로 되돌아가 보자. 우리는 이은림 시인이 시적 대상과의 만남을 '서랍'을 여는 행위로 이해한다고 이야기했다. 이때의 '서랍'을 여는 행위는 하이데거의 '탈은폐' 개념과 유사하지만, 대상에 대한 강제가 아니라는 점에서 '기술'과는 다른 것이라고 말했다. 그리고 지금, 「때로는 새」에서 시인은 시적 대상인 '새'와의 마주침을 '새-되기'라는 생성적 사건으로 진술하고 있다. 여기에서 말하는 '새-되기'는 '새'와 '인간'이 만남 이전의 신체성에서 벗어나 분자적인 층위에서 상호접속하는 생성적 사건, 하나의 신체가 다른 신체와 결합함으로써 발생하는 강력한 질적 변화라고 말할 수 있다. 이때 각 신체는 '-되기'의 관계 맺음을 통해 '차이'를 긍정하는 지속적인 변용을 거듭하게 된다. 이 변용의 사건 속에서 시인은, 나아가 모든 예술가는 '인간'의 경계에서 벗어나 동물의 어펙트를 경험하게 된다. 이런 점에서 "날개구나, 생각하면 새가 되고/ 새구나, 생각하면 한없이 가벼워질 겁니다"라는 진술은 결코 관념의 유희가 아니다. '백조'를 연기하는 발레리나의 몸짓이 '-되기'를 통한 신체적 변용 상태를 보여 주듯이, '새'의 신체적 감각을 획득하는 '새-되기'는 '새'와 '인간'의 강력한 상호접속이 전제되지 않는 한 불가능하다. '새'에 관한 시를 쓴다는 것은 정확히 이런 의미일 것이다.

4

누워 있는 새를 본 적 있어
날개를 접고 누운 새가 있는
너무나도 낯선 우연한 풍경

새는 죽어 가는 중이었어
작은 몸 들썩이며
뉘엿뉘엿 눈을 감고 있었어

언젠가 한번쯤 죽어 봤다는 듯
새의 몸짓은 고집스러웠지

눈감는 중인 새도 처음인데
그 눈동자 속에 내가 있었어

죽어 가며 나를 가두고 있었어

— 「새는 아직도 죽어 가고 있어」 부분

시인이 모든 '새'에 대해 강하게 반응하는 것은 아니다. 이은림의 이번 시집에서 시인의 시선을 사로잡는 대상들은 대개 소멸이나 죽음과 연결되어 있다. 죽은 싱고니움(「사라질 수밖에 없는 이야기」), 죽은 고양이(「첫눈」) 등이 대표적이다. 이은림의 이번 시집에서 이러한 죽음의 이미지는 종종 유한성의 문제를 동반한다. 이 인식에 따르면 시간 속에서 살고 있는 우리는 "태어나는 순간부터 죽어 가는"(「프리다」) 존재이다. '보름달'을 가리켜 "사라지기 위해 존재하는 둥글고 환한 것"(「월하정인」)이라고 표현하는 데서 드러나듯이 이은림의 시에서 모든 것들은 죽음이나 소멸의 운명을 향해 나아간다. "우린 어제보다 조금 더 늙었고/ 아까보다 죽음에 더 가까워졌네"(「프리다」), "오늘은 조금 더 죽어서 기쁩니다./ 악착같이 기를 쓰고 죽어 가겠습니다."(「이토록 차가운 이야기」), "나도 분명 조금은 죽었습니다/ 어제보다, 아까보다"(「개복치 클럽」)처럼 '삶'을 죽음을 향한 과정으로 간주하는 이러한 인식은 모두 죽음에 대한 관념을 함축하고 있다. 그리고 이러한 인식은 "한 장 두 장 내가 찢은 달력들은/ 모두 어디로 갔을까"(「의미심장한 이야기」) 같은 특유의 시간 의식과 연결된다.

어제는 아빠의 일곱 번째 기일

밤새 비가 내렸고

먼 나라에선 아직도 전쟁 중

화분 두 개는 야금야금 죽어 가고 있지만

오늘 나는 그냥 행복해도 되겠지

태어나니 좋구나,

마음껏 흐뭇해도 되겠지

아빠를 생각하느라

내 생일은 잊었다는 엄마 말씀이

축하해, 라는 말보다 더 설레는 아침

장례식장에 놓였던 아빠의 댄스슈즈가

왜 갑자기 떠오르는 걸까

아빠를 떠나보낸 생일날

야속하게 반짝이던 댄스슈즈

슬로우

슬로우

흐르던 눈물 대신

퀵, 퀵, 스텝으로

아빠,

오늘은 좀 더 최선을 다해 죽어 볼게요

눈뜨자마자 작별인사를 시작하는 봄꽃들처럼요

— 「생일 아침」 전문

　수많은 죽음의 이미지 한 가운데에 '아빠'의 죽음이 자리하고 있다. 시인의 아빠는 1945년에 태어나 '일흔'에 돌아가셨다. 「1945」에서 시인은 1945년을 '연양갱'과 핀란드 동화의 주인공 '무민'이 태어난 해라고, "일흔하나, 일흔둘"을 "아빠가 갖지 못한 나이"라고 설명하고 있다. "아빠와 연양갱과 무민가족"은 같은 해에 태어났으나 "일흔셋, 연양갱은 여전히 찬란하고/ 일흔다섯, 무민가족 이야기는 한없이 달콤"한 반면 '아빠'는 부재한다. 인간은 리비도를 투사할 대상을 상실했을 때 우울과 불안에 시달린다. 따라서 부재하는 대상, 즉 '아빠'에 대해 이야기하는 것은 쉬운 일이 아니다. "생일날 아빠가 돌아가신 기분은 어떠니?/ 정도의 질문이라면 사절이지만"(「프리다」)이라는 진술처럼 그것은 말로 표현할 수 없거나 외면하고 싶은 질문이다. 그럼에도 인간의 리비도는 그 부재하는 대상을 쉽게 단념하지 못한다. 이런 점에서 진정한 애도는 애도의 실패라고 말할 수 있으니, 애도는 결국 부재하는 존재를 여전히 지니고 기억하는 행위일 듯하다. 시인은 이처럼 말로 표현하기 어려운 '아빠'의 죽음에 대한 이야기를 '연양갱'과 '무민가족'을 등장시킴으로써 에둘러 표현한다. 즉 '애도'의 마음 탓에 말하지 않을 수 없는, 하지만 언어화하기 어려운 '아빠'의 죽음이라는 실존적 사건이 '연양갱'과 '무민가족'이라는 다른 대상들과 뒤섞임으로써 비로소 발화할 수 있게 된 것이다.

「프리다」에서는 멕시코의 화가 프리다 칼로가 그 역할을 맡고 있다. 「프리다」는 프리다 칼로를 좋아하는 시인이 그녀의 전시회를 관람한 후 칼로와의 대화를 상상하면서 쓴 작품이다. "죽음이 밤새도록 내 침대 주위를 돌며/ 춤추고 있어"라는 일기의 구절에서 드러나듯이 프리다 칼로의 예술은 직접적인 고통의 산물이다. 그 고통 가운데 하나가 다리, 즉 어린 시절 척수성소아마비를 앓아서 덜 자란 오른쪽 다리와 교통사고로 심각한 부상을 입은 왼쪽 다리이다. 시인은 "한번도 엄마인 적 없었던 그녀"에게 모종의 이야기를 들려주고자

한다. 예를 들면 "좋아하는 화가와 생일이 같은/ 딸을 가진 기분"이나 "만개한 달, 그다음의 이야기" 같은 것들. 이 시에서 시인은 "달이 사라졌다고 해서/ 존재하지 않는 건 아니니까"라는 진술처럼 부재 이후의 존재에 대해 이야기한다. 이 인식에 따르면 모든 생명은 태어나는 순간부터 죽음을 향해 나아갈 운명을 지니고 있지만 생물학적인 죽음이 모든 존재의 궁극적인 '끝'은 아닌 셈이다. "태어나는 순간부터 죽어 가는 모든 것/ 우린 어제보다 조금 더 늙었고/ 아까보다 죽음에 더 가까워졌네/ 그게 왜?/ 그게 뭐?"(「프리다」)라는 진술에는 생물학적인 죽음 이후의 의미에 대한 시인의 문제의식이 들어 있다. 「생일 아침」 또한 죽음 이후에 대한 이런 인식을 포함하고 있다. "생일날 아빠가 돌아가신 기분은 어떠니?"(「프리다」)라는 진술에서 알 수 있듯이 아빠는 시인의 생일날 죽었다. 이 개인사적인 우연은 "아빠를 생각하느라/ 내 생일은 잊었다는 엄마 말씀"에서도 확인된다. 하지만 "슬로우/ 슬로우/ 흐르던 눈물 대신// 퀵, 퀵, 스텝으로"라는 진술의 경쾌함처럼 '죽음'은 이제 망각의 저편으로 사라지는 완전한 끝으로 간주되지 않는다. 우연이겠지만, 시인의 '생일'과 아빠의 '죽음'의 날짜가 겹치는 것은 탄생과 죽음이 순환하는 자연의 질서를 가리키는 것처럼 읽힌다. "눈뜨자마자 작별인사를 시작하는 봄꽃들처럼" 최선을 다해 죽어 보겠다는 시인의 다짐은 이런 점에서 죽음 이후를 믿는 존재의 목소리라고 말할 수 있다. 죽음 이후에 무엇이 있을까? 모든 존재는 시인, 아니 누군가의 내면에 풍경으로 쌓였다가 반복적으로 되살아남으로써 죽음 이후를 산다고 말하는 것은 과장일까.